KB253663

손가락 하나의 사랑

도미니크 글로슈

서민원 옮김

東 文 選

손가락 하나의 사랑

손가락 하나의 사랑

Dominique Glocheux

Petites victoires grands bonheurs
Petites victoires grand Amour
C'est beau la vie
C'est doux la vie

© Flammarion, 1998, 2000

This edition was published by arrangement
with Editions Flammarion S.A., Paris
through Korea Copyright Center, Seoul

손가락 하나로 행복의 문을 열기

손가락 하나.

나는 손가락 하나로

이렇게 또 다른 세상으로 빠져나왔다.

왼손 집게손가락.

한 조심성 없는 운전사가 그만 내 몸을 짓밟았고,

그리하여 나는 정신마저도 같은 처지에 놓이고 말 형편이었다.

무장하지도, 그리고 어떤 준비도 없이

그저 식물인간처럼 살아갈 도리밖에는 없게 된 것이다.

그때 나의 부모가 생각해 낸 것이 컴퓨터 자판이었다.

손으로 쓸 수는 없었지만,

손가락 하나로 자판을 두드릴 수가 있었던 것이다.

글을 쓰는 것은,

망각의 구렁 속으로 녹아내리려는 생각들을

머릿속에 정돈하는 데 도움을 주었다.

그렇지만 그 반대의 현상도 나타났다.

나는 종이 위에서

내 인생에서 박탈당한 깃털 같은 가벼움을 찾아내어

수백 장의 종이 위로 훨훨 날아오를 수가 있었다. 그런데

갑자기 찰카닥하고 암울한 생각들이 사정없이 몰아치며

잠시도 나를 가만히 놓아두지 않았다.

그것은 마치 내 머리를 온통 검게 물들여서,

그것이 종이 위로 쏟아지는 것과 같았다.

이렇게 시작되어서는 또 다른 울분으로 이어졌다.

찾아나서고, 파헤치고, 엿보고,

내 속에서, 다른 사람들 속에서, 책 속에서, 도처에서

내 머리를 재정비시키기 위해,

내 생을 다시 장식하기 위해 보다 나은 것들을 찾아서.

수백, 수천 시간의 작업들,

같은 천장, 같은 창문을 끝없이 바라보면서

곱씹고 곱씹는 생각들.

각각의 발견들은 지옥 같은 사이클 속에서 쉴새없이 갈고 닦여

윤이 난 후에는 완벽해질 때까지 다시 부수어졌다. 문제는

이 모든 문장과 단어와 문자를 자판에 두드리기 위해서는

무한정의 시간이 필요했던 것이다.

지칠 대로 지쳐서 완전히 녹초가 되기 일쑤였다.

이렇게 해서 나는 문장과 단어와 문자의 수를 줄이는 방법을

배우기 시작했다.

그러자 그것은 금세 하나의 놀이가 되었다.

점점 더 짧게 만들기!

생각하는 방법에서도 마찬가지였다.

생각들은 내 머릿속에서 짧고 단순한 단어들,

매일 쓰는 말들,

읽고 이해하기 쉬운 그런 말들의 연속으로 배치되었다.

그 생각들은 나와 동화되어 결국에는 한 몸을 이루었다.

경이로운 놀라움이 곧 다가왔다.

위로와, 평화와, 사랑과 희망의 메시지들이 솟아나와서는

저희들끼리 증식하기 시작했다.

행복해지기 위한 생각들.

삶을 변화시키고 삶에 의미를 부여하는,

삶에 빛깔을 더하여 주는 그런 생각들.

행복의 단상들.

이것들 가운데 몇몇은 여러분에게는 너무나 당연한 것으로,

또는 이미 깨달은 적이 있거나 들은 적이 있는

식상한 것으로 보일 수도 있을 것이다.

그러나 그것은 우연이 아니다.

원천은 언제나 같으니까.

그것이 바로 우리 모두의 가슴속 깊이 흐르고 있는 것이다.

그것은 멋지고 관대하다.

틀림없이 항상 같던 그 생각들이

예전엔 커다란 산도 옮길 수 있었을 것이다.

그리고 그것을 우리에게 만약 바라볼 눈이 있다면,

도처에서 볼 수도 있을 것이다.

그 생각에 한번 몸을 맡겨 보자.

행복의 문은 그대의 내부로부터 열린다는 것을,

복잡한 열쇠나 그것을 열려고 미친 듯 몸부림쳐대도

아무런 소용이 없다는 것을

그대에게 보여 주는 것은 어떨까.

그 같은 몸짓 대신에 손가락 하나로도

행복의 문을 열기에 충분하다는 것을 말이다.

I

작은 승리 커다란 행복

Petites victoires grands bonheurs

인생을 성공으로 이끄는 행복의 단상들

1

미소를 짓는 거다.

2

장점은 헤아리고,
단점은 잊어버려.

3

첫발을 내딛자, 비록 작은 걸음일지언정.
일단 길에 접어들면,
발걸음은 점점 쉬워질 것.
그래, 첫발을 내딛는 거다.

4

하루 24시간
삶을 있는 그대로
사랑하려고 노력할 것.

5

자기 자신에게 잘하자.
그리고 다른 이들에게도.
그러면 참 즐거울 터.

6

하는 일을 사랑하자.
그것은 소중한 것.
자신이 좋아하는 일을 한다는 것은,
그만큼 더 소중한 일이 될 것이다.

7

확신을 뒤엎기.
습관마저도…….
자신의 몸가짐에 한번쯤 주의를 기울여 보자.
그리고 좋은 점들을 가려내기.
그러면 어느새 좋은 습관이
온몸에 배어들 것.

8

자신의 능력을 발휘할 수 있는
태도를 중시하도록!
성공으로 이끄는 태도를 취하고,
그 나머지 것은 과감히 버릴 것!

9

결정을 내린 연후에는
'전력을 다하자!'
그렇게 결심하고서도
느리거나 안일하게 행동한다면
차라리 결심하지 않느니만 못할 테니.

10

더 이상 찾아헤매지 말고,
새로운 나를 발견하자.

11

하루 24시간
진실만을 말하려 노력하자.
오직 진실만을!

12

자신이 가지고 있는 우선권들에
순서를 매겨 보자.
너무 많은 우선권이 있다면,
그것은 아무런 우선권도 없는 것과
같지 않을까?

13

삶의 환희와 열정을 함께할
동반자를 찾을 것.
그것들은 친구가 많고,
또한 유유상종인 법.
그 속에 자신을 둔다면
조만간 동화될 테니……

14

원하는 것을 정확히 파악하자.
어떤 때는 한 시간,
대개는 몇 달,
어쩌면 몇 년을 벌 수 있을지도 모른다.

15

자기에게 있어 가장 소중한 세 가지 계획을
다른 이들도 도울 수 있는
아이디어를 찾자.

16

…사람들이 자기를 돕는 것에 익숙해지자.
진정어린 마음에서의 작은 도움.
그것은 언제나 좋은 생각일 테니.

17

…타인들의 진정어린 도움을
좀더 스스럼없이 받아들이는 법을 배우자.

18

작은 발걸음이라도 내딛어 보는 거다.
비록 그것이 어린아이의 발걸음 같을지라도.
그렇지만 자주, 가능한 빨리,
규칙적으로, 예외 없이.
성공은 거인의 발걸음보다 이런 작은 발걸음에서 온다.

19

결심하자.　　습관처럼 굳은 결심을 품다 보면,
결심하자.　　보다 나은 결심을 품을 수 있을 것.
결심하자.　　그리고 보다 나은 결심을 품다 보면,
결심하자.　　끝내는 훌륭한 결심도 품을 수 있을 것.
결심하자.　　자, 이제부터 시작하는 거다.

20

미래의 성공을 빌리도록.
그것을 살 수는 없으나,
언제든 빌릴 수는 있을 테니까.
얼른 빌릴 것. 처음에는 '마치'
이미 그것을 알고 있는 양하는 것만으로도 충분하다.
그리고는 무슨 일이 일어나는지 한번 지켜보는 거다.

마술.

21

…많이 빌려라. 될 수 있는 대로 많이.
왜냐하면 생각보다 빨리,
어쩌면 좀더 쉽게 그것을 갚을 수 있을 테니까.

완전한 마술.

22

기회와 적성과 능력으로부터 이로움을 이끌어 내기.
최대한으로.
설령 핸디캡이나 크나큰 결함이 있다손 치더라도
그대는 많은 것들을 해낼 수 있을 것이다.
최선을 다한다는 조건하에서.

23

더 이상 기다리지 말고,
시작할 것.

24

가까운 이들에게 "아니오!"라고 말하는 자신을
3분 동안 상상해 본다.
동료들, 직장 상사들, 이웃들, 친구들.
이들 가운데 누구라도 잊어선 안 된다.

25

…이를 자주 반복해서 연습하도록.
그리고 자기 자신을 자유롭게 풀어 놓기.
가볍게 만드는 거다.
긴장을 푸는 거다. 한번 해보라.

26

…한번 더 "아니오!"라고 말한다.
간명하게, 빠르게, 우아하게.
그러나 확신에 차서.

27

시간을 어떻게 보낼 것인지
생각해 둔다.
미리.
익숙해지면 점점 더 많은 시간이 생겨날 것.
예전에는 텅 빈 시간들이 저 혼자서 채워졌었다.
매우 빨리.
아무도 없이.
이제 그 시간들을 되찾아야 한다.

28

행동하기.
행동하는 것만이
'꿈'을 '현실'로 바꿀 수 있는 유일한 방법.

29

명확하고, 간명하고, 정확한,
자극적이고 진취적이며 날짜가 확실한,
그리고 수치로 환산할 수 있는
목표를 세울 것.
그러면 그대 앞으로 나 있는 인생길이
보다 가깝고 힘들지 않게 느껴질 테니.

30

목표를 세우라.
그러면 그대의 앞날에도 탄탄대로가 열릴 터이니.

31

목표를 세우자.
목표를 세우자.
목표를 세우자.

32

하루를 한 잔의 에너지로 시작해 보자.
시원한 과일 주스 한 잔으로.

33

'장애' 라는 낱말을
'도전' 으로 바꾸는 것을
하루 24시간 어기지 말기.

34

삶에서 가장 느꺼운 행복의 원천이 되는
일곱 가지 리스트를 작성해 본다.

34'

…그 일곱 가지를 더 깊이, 더 오래도록,
시간이 허락할 때마다 되새겨 보기.

35

목표와 하등의 상관이 없는 일들에
너무 시간을 빼앗기지 않도록.

36

행운에 도전해 보라.
오늘은 불가능할 것만 같고,
'꿈 같은 이야기일 것' 만 같을지라도.
왜냐하면 기적이라는 것이 존재하므로.

37

…행운에 도전해 보라. 도전조차 않는다면,
영영 그것을 모른 채 지나갈 터이니.
그것은 당연한 일.
어쩌면 손가락 하나로 또 다른 인생을
살 수 있을는지도 모르는 법.

장애물을 펼쳐 놓을 것.
그것들이 접히고 접혀서 점차로 작아지고,
또한 순종할 수 있도록.
그것이 그대가 익혀야 할 습관.
언젠가는 한 요술 같은 나선이
미칠 듯이 꿈꾸던 저 너머로 그대를 휘몰아 갈 것이다.
그대가 꿈꾸던 그곳으로.

일을 시작할 것.
영감과 동기가 샘솟을 것이다.
마치 왕성한 식욕처럼.

40

깨부술 수 있는
세 가지 습관을 찾아보라.
온 생애를 통틀어, 아니면 단 하루 동안만이라도
그것들을 깨부수어 보라.
그리고 오랫동안 해오던 것들과는
완전히 다르게 해보는 것이다.
뇌신경 저 안쪽의 육질까지 휘저을 수 있는 멋진 방법 아닌가.

41

목표를 비판하는 이들의 말은 들을 필요가 없다.
그것은 그들의 의견일 뿐이다.

42

그대의 계획에서 모든 시간표를 앞당겨 보라.
시간들을 한참 앞서가 보는 거다.
아직은 존재하지 않지만,
가장 빠른 시간 내에
그곳에 다다를 수 있는 열쇠를 건네 줄
하나의 현실 속에서 그대의 꿈이 그 몸체를 드러낼 것이다.

43

…온갖 표지와 흔적, 그리고 직관들을

소중히 기록해 둘 것.

내가 가장 적합한 길을 찾으려 할 때,

그것들 속에서 최고의 힌트를 얻을 수 있을 테니까.

44

저물녘이면

하루 동안 성취한 것들에 축하를 보내자.

그리고 해야 할 나머지 일들은 잊어버리자.

45

내가 찾을 수 있는 모든

긍정적이고,

강하고,

고무적인 것들로

발판과,

나무 의자와,

사닥다리를 만들어 올라가 보자.

높이 올랐을 때 더 멀리 볼 수 있다는 거 잘 알고 있잖아.

46

걱정거리를 먼저 챙겨.
그것이 그대를 삼켜 버릴 때까지 내버려두어선 안 돼.

47

걱정거리를 먼저 챙길 것.
그것이 나를 먼저 챙기기 전에.

48

목표를 적은 목록을 그날 그날 체크하기.
그리고 중요한 목표들은
커다랗게 적기.

49

사람들이 그대를 칭찬할 때
주의 깊게 듣도록.
그것이 오래 기억할 수 있는 가장 좋은 방법.
그리하여 그 기분 좋음을 오랫동안 음미하기.

내가 나아가고자 하는 방향은,
지금까지 내가
걸어온 길의 1000배나 더 중요하다.

비록 조금 뒤처졌다 하더라도,
어쩌면 핸디캡이나 결함이 있다손 치더라도,
그 모든 것들을 올바른 방향에 가져다 놓자.
빨리. 지금도 결코 늦지 않다.

자립심과 독창성을 키울
세 가지 것을 찾으라.
혼자서만 알아차리고 구분할 수 있는,
아주 비밀스럽고 작고 세밀한 것일지라도.

52

'벼락치기'로 일하지 말 것.
그 일이 아무리 힘들고 기진맥진케 하는 것이더라도.
일관성과 지속성이야말로 가장 큰 효과를 거두는 법.

53

인생을 지배할 수 있는 세 가지를 찾기.
비록 하찮은 것에 지나지 않다 하더라도.
이는 자신의 인생을 이끌어 나아가고, 또 제어할 수 있는
감각을 갖기 위한 것.

54

"시간이 없어"
라고 더 이상 말하지 말기.
대신에
"그것은 내가 우선적으로 해야 할 일들 가운데 하나가
아니야"라고 말할 것.
무엇을 하기로 결정을 내리는 것은
우선권의 문제이지
시간의 문제가 아니므로.

55

만일 다른 대답을 듣고 싶다면,
질문을 달리해 보라.
한번, 또 한번, 다시 한번.

56

만일 다른 대답을 원한다면,
다시금 질문해 보라.
한번, 또 한번. 미소를 지으면서.
가장 마음에 드는 대답에 이르기까지,
얻게 될 수많은 대답들에
아마 여러 번 놀랄 것이다.
열정과 인내야말로
숱한 굴곡을 이겨내는 비결인 셈.

57

첫째가는 목표를 가시화시킬 것.
그것이 이제 막 실현될 것처럼.
먼먼 장래의, 기약도 없고, 거의 실현 가능성이 없는
그러한 목표가 아니라 아주, 아주,
아주 가까이 다가온……

57′

계시적이며, 새롭고 창조적인
이 조망에
광대하고, 심오하고, 완전하게
…너를 열어 놓으라.

58

목표를 보완하는 것들에 우선권을 주자.
그것의 연계 작용은
그 각각의 이득을 단순히 합한 것보다
훨씬 나은 효과를 가져올 것이다.
다음의 예를 보면 더욱 확실할 터.
1+1은 대개의 경우 단순한 2보다 클 때가 많다.
이것이 '시너지' 효과라는 것.

59

소비는 적게. 재활용은 더욱 열심히.
우리 지구는 아주 나약하므로.

60

계획을 준비하는 과정에
많은 투자를 할 것.
성공의 60%는 그 준비 과정에 달려 있으므로.
그리고
20%는 내딛는 그 첫발에 있다.

61

…공포와 의심에 잠식당하면 안 돼.
비록 준비하는 기간이 비생산적인 것만 같고,
때로는 무용한 듯 느껴지더라도
그러한 하찮은 걱정들에 잠겨 있는 것은 값비싼 사치일 뿐.
때로는 분수에 넘치는.

62

같은 시간에 가능한 한 많은 일들을 해내는 법을 배우자.

‘스트레스’와 ‘자극’의 차이점이란,

‘자극’은 우리가 택하는 것이고,

‘스트레스’는 우리가 겪는 것이다.

스스로를 자극하라. 스트레스는 받지 말고.

63

매우 중요히 여기는 목표들 가운데서도

최우선적인 목표를 정하라.

그리고 ‘만약’을 ‘때’로 바꿔라.

그러면 현실의 시간에서도 앞서 나아갈 뿐만 아니라

불가항력적으로 잡아끄는 미래의 현실에도

이미 한 발을 들여 놓은 것이나 매한가지.

64

계획들이며 전략들,

그리고 우선순위들을 바꾸고 싶어질 때는

신중히 검토한 후에 결정해야 한다.

조바심과 의심이 기회들과 지난 노력들을 망쳐서는 안 된다.

칭찬에 단 한마디 말로 화답하기.
"감사합니다."
그리고는 이후에 아무 말이나 마구 지껄이지 않도록
혀를 잘 단속하기. 어쩌면 자신의 장점들을
지나치게 과소평가하려 들지도 모르니까.

가장 중요한 세 가지 목표와 양립할 수 없는 목표는
과감히 제거해 버릴 것.
치워 버릴 것. 재빨리.
그것은 매일 아침이면 엄청나게 무거운 아령을 들고서
100미터 달리기를 하는 것과도 같을 테니.

한도 내에서 최고 품질의 것을 자신에게 부여하라.
하질의 것은 그 분수에 맞지 않다.

68

그대는,
그대가 생각하고 있는 바로 그 사람이다.
아름답고,
담대하고,
긍정적이고,
자기만의 색깔을 지닌.

69

…어서 시작하라.
긍정적이고,
아름답고,
담대하고,
색깔 있는 일련의 사건들이
우리 앞에 펼쳐질 테니.

70

그 목표에 도달하려면,
전략을 비방하는 무리들의 말에 귀기울이지 말 것.

71

…대신에 그것들을 상대화하기.
제아무리 신랄한 비판들이라도
그저 한낱 들썩거리는 입술들에 지나지 않게.
사실들, 증거들, 신뢰할 만한 원천들,
확인 가능한 정보들을 요구해 보라.
그리고 나비의 날갯짓 위로 부는
바람 소리를 들으러 가는 거다.

72

어떤 결정을 내리기를 회피하기보다는,
차라리 아무런 결정도 내리지 않을 것을 결심하기.
결단성이 없는 우유부단한 태도야말로 경계해야 할 일.
결심하라.

73

주장하고, 밀고 나가기.
존재하기.
결국은 인정받게 될 테니.

74

시간적 여유를 갖자. 시간은 돈이다.
그렇지만 최상의 순간은 다이아몬드와 같다.

75

실패의 동반자가 되지 말자.
그리고 그것의 친구들 또한 피할 것.
이를테면 예감이나
고독,
공포,
질투,
악의.
이 모든 것들은 단 하나의 소망,
단 하나의 꿈만을 가지고 있다.
그것은 우리가 그것들을 닮아가는 것.

76

그 누구를 위한 것이 아닌,
오직 나만을 위한
시간대를 누릴 수 있는
세 가지 아이디어를 찾을 것.

77

…가까운 바닷가를 향해 서둘러 떠나라.
예쁘게 멋을 내고, 맛있는 것들을 먹으며
그대를 생각하라.
그리고 자기 자신에게 최고의 것을 부여하기.
시간과 삶의 바깥에 있는 이 작은 오아시스가
얼마나 그대의 삶에 활력을 불어넣는지를 안다면
아마 놀라움을 금치 못할 것이다.

78

마감 날짜를 지켜라.
그리고 일단 그날이 지나면 더 이상 생각지 말 것.

79

속지 마라.
'내일'
은 빈번히
'어제'
아니면
'절대 아닌'
을 의미한다는 것을.
그것을 지금 하라.
그렇지 않으면 절대 하지 마라.

80

실패를 정면에서 바라다보라.
그것을 정면에서 바라다볼 줄 아는 이들에게
실패는 성공만큼이나 이득을 가져다 줄 것이다.

81

…실패들이 말하도록 할 것.
그러면 실패들로부터 성공보다도 많은 것들을
배우게 되리라.

…그리고는 페이지를 넘기는 거다.
이미 지난 일이니까.

출발하기 전에
어디를 가려는지 정확히 알아야만 한다.
만약 잘 알고 있지 않다면
최상의 지도, 최상의 가이드,
으뜸가는 성공 요인들도
나의 목적지로 결코 안내하지 못할 것이다.

완벽해지려고 애쓰지 말자.
그것은 언제나 실수인 법.
시간과 에너지의 낭비인 것이다. 때로는 치명적인.
게다가 아무도 내가 완벽해지기를 바라지 않는다.
내가 그것을 바라지 않는다면.

다급한 상황들은 저 스스로 수습되도록 내버려두고서,
대신 그대의 중요한 목표들에 전력을 기울일 것.
최우선적으로 생각하여야 할 것은,
언제나 나의 그 중요한 목표들이다.

실패한 그 몇 초 후가
다시 딛고 일어서느냐 마느냐의 순간.
다음에 성공하느냐 못하느냐는 우리가 선택하는 것.
자, 일어나는 거야.
그래서 너의 가치를 보여 주는 거야.

가장 많은 결실을 가져다 주는 길들에
내가 가진 최상의 성공 수단들과
가장 큰 노력을 투자하기.

88

…주의 산만의 유혹을 단호히 뿌리칠 것.
그것은 시간과 기회와 에너지의 낭비를 가져온다.

89

또 다른 새로운 길에서 그대의 노력을 펼치기 전에,
…매번 시간을 내어 거두어들이라.
최대의 결실과 성공의 비결들,
그리고 그것의 장점들을.

90

모두가 '윈-윈'할 수 있는 방법을 찾기.
그것은 언제나 가능한 일.
어떤 상황에서도.
방법을 찾아볼 것.

91

아무도 지난 노력들이며,
내가 이루어 온 진보를
손상시키지 못하도록 하자.
특히 나 자신이 그러면 정말 안 될 일!

92

그 목표를 더욱 정확하고, 명백하고, 단순하게 만들 수 있는
세 가지 아이디어를 찾을 것.

93

…목표를 더욱 쉽게 가늠할 수 있는
세 가지 아이디어를 찾을 것.

94

…그것이 더 이상 정확할 수도, 명백할 수도,
쉽게 가늠될 수도 없을 때까지 계속하기.

95

현재의 나로부터 벗어나기.
내가 되고 싶어하는 그런 나가 되기.
내가 될 수 있는 그런 나가 되기.
그리고 그렇게 되려고 꿈꾸는 그런 나가 되기.
그래, 해보는 거다.

96

그 무엇도 이미 성취된 것이라고 여기지 마라.
건강, 행복, 사랑, 우정.
이 모든 것은 중요하다. 그렇지만 그 어느것도
결코 결정적으로 성취된 것은 아니다.

97

힘이 들거나 분쟁의 상황에서는
무엇보다 긍정적이고 건설적인 요소를 찾아내라.
그것들이 곧장 해결책으로,
최선의 협상책으로 그대를 이끌 테니까.

98

사람들이 요구하는 모든 것을 해야 한다고
느낄 필요는 없다.

99

작게 시작하자.
거침없이 곧장 나아가자.
그리고는 점진적으로 방향을 바꾸는 거다.

100

행동과 쓸데없는 움직임을 혼동하지 마라.
발버둥치는 것이 스트레스를 해소할 수는 있겠으나,
최상의 해결책은
때로 아무것도 안하는 것에 있다.

101

우연이나 기회를 기다리지 마라.
오래 기다려야 할 테니.
아주, 아주, 아주 오래.
또 확실하게 초대하지 않는 한,
그들을 필요로 하는 곳을 방문하는 일이란 좀체로 드물지.

101'

…그들을 찾아나서서 머물러 줄 것을 청하여 보자.
마치 우연처럼 그 기회가
두 배나 더 자주, 두 배나 더 강하게,
두 배나 더 길게 머무를 것이다.

102

약진할 순간을 잘 선택할 것이다.
완전히 똑같은 계획도
특정 순간에 눈부시게 성공할 수가 있으니.
하지만 바로 조금 전(너무 빠름)이나 조금 후(너무 늦음)에는
비참한 실패로 돌아갈 수도 있다.
마치 파도타기 선수가 가장 적절한 파도를 선택하는 것처럼.

103

물질을 이용하고, 사람들을 사랑하기.
그러나 그 반대는 금물!

104

똑같은 영화를 보면서도
왜 어떤 이들은 멋진 밤을 보내고,
또 다른 어떤 이들은 그렇지 못한지
자신에게 한번 질문해 보라.

105

…잊을 수 없는 밤을 보낼 수 있는 세 가지 방법 찾기.

106

…어떤 경험을
갖가지 상황에서 자주 되풀이하여 보라.
그대의 삶이 새로운 약진과,
또 새로운 반짝임으로 채색될 것이다.

107

…자기만의 독특한 습관, 독특한 생활 양식,
독특한 철학을 가져라.
그러면 존재하리라 생각지도 않았던 수십, 수백, 수만의
기회들을 발견하게 될 것이다.
다만 어디를 바라보아야 할지,
어디에서 찾아야 할지를 몰랐을 뿐.

108

편안한 특정 지대에
너무 오래 머무르지 말 것.
이르건 더디건 간에 더 이상 다시 떠나고 싶지 않을 테니까.

109

마치 흥미진진한 모험인 양,
아니면 너를 기다리는 기회인 양
목표 전체를 구체화시켜 보라.
그리고 나머지 것들은 지워 버릴 것.

110

어느 날 한껏 부풀어올라서는,
도저히 참을 수 없는 지경에까지 이르게 하는
자잘한 문제들일랑은 속히 치워둘 것.
그러니까 충격 요법을 위해 남겨두는 거다.
그리고는 더 이상 생각지 말기.

111

드높은 성취, 아름다운 승리, 정직한 성공을
기대하는 습관을 가져라.
그러나 그것은 그저 습관일 뿐.
그리고 우연히도 통계는 공식적이다.
그렇더라도 이같은 태도는
그대의 성공과 성취·승리의 기회를
엄청나게 증가시킬 것이다.

112

행동할 것.
결정할 것.
하지만 의향은
그것이 아무리 최상의 것이라 하더라도
아무 소용이 없는 것.

113

각각의 주요 목표들을
일련의 작은 주제들 순으로 논리에 맞게 분류해 보라.
불가항력적으로 이끄는 승리의 사슬처럼.

114

…다른 것들은 생각지 말고,
첫번째 사슬을 재빨리 공략할 것.
그리고 다음으로 넘어가기. 그 다음도 마찬가지.
그리하면 마지막 사슬에 훨씬 빨리 도달할 수 있을 것이다.

115

사람의 태도는 마치 자석과 같다.
많은 사람들을 끌어당기니 말이다.
그러므로 처음부터 좋은 태도를 취할 일이다.

116

완벽한 해결책을 선택할 만한 충분한 정보도 비결도
결코 가지고 있지 않을 때에는
스스로를 내던지고, 돌진하는 거다.
현재의 이해 관계에 가장 도움이 되는 방향으로.
더 이상 지체해서는 안 된다.
진짜 위험은 빈번히 기다리는 것에 있다.

117

행운의 별을
아주, 아주, 아주 강하게 믿으려
24시간 안간힘을 다하기.

118

…열린 정신으로 매사에 주의 깊고,
또한 타인을 신뢰하는 사람으로 남을 것.
그러니까 모든 기회에 마법이 작동하도록 놓아두는 거다.

119

멋진 경기자가 되기.
그리고 우아한 승리자가 될 것.

120%

스스로에게 120%를 부여하라.
정열에서, 일에서, 여가에서, 수면에서,
그리고 타인과의 관계들 모두에서.
매 기회마다.
그러면 각각의 활동은 범상치 않은 음영과
감미로운 향으로 채색될 것이다.

121

'실패'와 '실패한 사람'을
혼동하지 말기.
특히 그것이 나 자신과 관련되었을 때는.

122

좋은 생각들이 떠오를 때는
곧장 메모하는 버릇을 들여라.
생각이 많을수록
좋은 아이디어가 많이 나오는 것.
그리고 훌륭한 발상들이 많을수록
최상의 것들이 나오는 법.
한번 시작해 보라.

123

승리하는 것을 사랑하기.
패배를 싫어하는 것보다 더욱 많이.
그러면 더욱 자주, 더욱 쉽게 승리를 얻으리라.
그리고 그 승리들은 더욱 아름다워지리라.

124

내가 성취한 것들, 나의 장점들, 나의 생각들을 재활용할
세 가지 방법을 찾을 것.
그리고 그것들을 다르게, 다른 곳에 다시 사용해 보기.

125

결정하라.
그러나 아무도, 또 아무것도
나 대신에 결정하게 해서는 안 된다.
결정하라.
그러면 습관처럼 되어 있는 우연과 필연은
나의 길로부터 점점 멀어질 것이다.
기회와 평온에 그 자리를 내어주면서.

126

꿈과 희망을 자유롭게 하기.
풀어 놓기, 떠나게 하기.
행복은 아주 빨리 오는 것.
꿈과 희망은 실현될 수 있는 것.

127

모든 분야에서 한꺼번에
성공하려고 애쓰지 말자.

128

가능한 최고 품질의 도구를 가져야 한다.
최고의 도구들은 최선을 다할 수 있도록,
그래서 최상의 결과를 가져올 수 있도록 도울 것이다.
또한 경험은 이런 '승리하는' 투자가
항상 생각보다 재빨리, 그리고 쉽게
닳아 없어져 버린다는 걸 보여 주고 있다.

129

계획들을 실행에 옮기기
전에
올바른 방향으로 잘 조준할 것.

130

의심 없이 희망하는 법을 배워야 한다.
통계는 공식적인 것.
성공 확률이 엄청나게 높아질 것이다.
마치 일단 지워진 의심이 작동하기 위한 지성과 기회에
자기 자리를 내어준 것처럼.

131

자신의 진보를 측정하기.
자주, 규칙적으로.
그토록 짧은 시간에 주파한 성과를 바라보는 것만큼이나
흥분되는 일은 없으리라.

132

성공을 위해
관대함과 정직함의 동지들을 찾기.
그들은 친구가 많다.
유유상종이라고나 할까.
이러한 모임에 참여하는 것만으로도
그들을 닮아가는 것은 시간 문제.

133

마음에 드는 이를 먼저 고르라.
가장 뛰어난 이를 찾으려 들지 말고.

134

"예"

라고 말하는 것을 배우기.
오직 마음 깊은 곳에서 우러나올 때에만.
아무런 의심도 후회도 없이.

135

"아니오"

라고 말하는 것을 배우기.
모든 다른 경우에.
아무런 의심도 후회도 없이.

136

이제까지 다른 교통 수단으로 오가던 길을
걷거나 자전거로 오갈 수 있는 세 가지 방법 찾기.

137

끊임없이
새로운 경험을 쌓아 나갈 것.
경험이 쌓일수록
자기 자신을 더욱 굳게
신뢰하게 될 테니.

138

비록 숱한 풍파와 잡음이
우리의 존재를 일깨우더라도
문제들이나 적수를 쫓기보다는
평화와 축하를 모색하기.

139

준비하라.

항상 준비되어 있어야 한다.

승리는 준비되는 것이다.

이기려면 처음부터 최상의 상태에서 출발할 수 있는

모든 기회를 부여할 것.

좋은 출발, 그것은 때로 이기는 경주를 보장하기도 하니까.

140

3개의 방해물을 우아하게 제거할 수 있는

세 가지 방법 찾기.

141

늘 긍적적인 이들과 관계를 맺으라.

그리고 그 비옥한 옥토에 행복과 우정,

부드러운 빛과 사랑의 작은 씨앗들을 심으라.

142

빡빡하게 구는 상인과 마주쳤을 때,
주저 없이 이렇게 선언하여 보라.
"저는 시간이 아주 많답니다.
필요하다면 종일토록 이러고 있을 수도 있어요."
상인들은 그같은 것을 아주 싫어하기에
어쩌면 상황이 기적적으로 해결될 수가 있다.

143

작업 공간을 성찰과, 결정과, 행동과,
그리고 동기를 품고 있는 구슬처럼 구성할 것.
그러면 습관적으로
그 구슬 속에 들어가려 할 때마다
이와 같은 조건 속으로 들어가게 되는 것이다.

144

…구슬의 이로운 효과들을
최대한도로 가져올 수 있는 세 가지 방법을 찾을 것.

145

예상보다 많은 시간을
계획에 할애하지 않는 습관을 들여라.
초기에는 그것이 재앙처럼 여겨질는지 모른다.
다시 말해서 불가능한 일처럼.
그런 다음에는 경험이 쌓이고,
그대가 예상한 기한을 보다 자주 지킬 수 있는 원천을
발견하게 될 것이다.
그러므로 그것은 그저 하나의 습관일 뿐이다.

146

근심일랑은 갖지 말고,
자기 자신만의 목표를 가질 것.

147

머릿속에 떠도는 온갖 생각들을 비워 내려
하루 24시간 온 힘을 다하여라.
잘 되지 않는 이유를 찾으려 들지 말 것.
그와는 반대로
잘 될 이유를 찾을 것.

148

내가 생각하는 것들을 말해버리자.
삶이 보다 쉽고 가벼워질 테니.

149

어떤 공통점이 있는,
규칙적으로 반복되는 실패들을 나열해 보자.
그 지옥 같은 시나리오를
이제는 서둘러 깨뜨려 버려야 할 것이다.
두 번 다시 그 실패들을 되풀이하지 않으려면.

150

자기 자신에게 가치를 부여하기.

151

21일 동안 하지 않아도 될,
그러한 세 가지 활동을 찾을 것.
일단 장애물을 넘으면,
영원히 그 일들을 하지 않을 수가 있다.

152

…그러한 일들을 대체할 만한
훨씬 더 풍부하고 이로운 세 가지 활동을 찾을 것.
중요한 모든 것으로부터
정말로 이익을 이끌어 낼 수 있기 위해서는.
아직 시간이 있을 동안.
당장에 그렇게 해야 한다.
우리가 생각했던 것보다 이미 늦어 버렸을는지도 모르니까.

153

만약 각고의 노력을 기울였음에도 불구하고
일이 잘 되지 않을 때는
다른 방법으로, 또는 다른 것을 시도해 보라.
승리는 보상이 아니라 결과이다.

154

그대가 찾는 것이 그대를 찾는다.
그것들이 그대를 찾을 수 있도록 도우라.
작은 승리들이 커다란 행복을 이루는 것이다.

II

작은 승리 커다란 사랑

Petites victoires grand Amour

사랑을 이루기 위한 행복의 단상들

1

미소를 짓는 거다.

2

커다란 감정에 기회를 주라.
작은 감정은 내다 버리고.

3

먼저 친절하게 대하기.
행복은 아주 빠르게 전염될 테니.

4

백미러에 한쪽 눈길을 두고서
동시에 두 눈으로 앞을 바라볼 것.
멀리, 멀리, 앞을.
과거에 대한 분석은
미래를 위할 때 이외에는 아무런 소용이 없으므로.

5

연인에게서 순수한 면만을 보도록 할 것.
그리고 나머지는 잊어버려라.

6

그대의 복근을 깨워라.
그러면 리비도도 깨어날 테니.

6'

자명종을 한 시간 앞당겨 맞춰 놓기.
아침 나절에 치르는 한바탕의 어루만짐은
하루를 에너지로 충만케 한다.

7

자기 자신에게
신뢰와 평화와 평온과 평안과 에너지가 가득한,
그 가치를 드높이는 긍정적인 메시지를 보내라.
우리의 잠재의식이 그것들을 잘 저장해 놓을 테니까.

8

경기를 할 때는
혼자서가 아니라 두 사람이 함께 짝을 이루어 할 것.
연인을 상대로 경기하는 것이 아니라 그의 편이 되어.
같은 팀에서.

9

…짝이 되는 그대의 커플을
진정한 팀으로 여길 수 있는 세 가지 이유를 찾기.

10

…이 팀과 그 능력을 신뢰할 수 있는
세 가지 이유를 찾을 것.

11

…그대의 커플을 성공해야 할 한 팀으로 생각하기.

12

…그대의 커플은 성공해야 할 한 팀임을 믿고 있다는 것을
연인에게 보여 주기.

13

여기저기서 멋대로 흘러내리도록 놓아둘 것.
영화 〈나인 하프 위크〉의 분위기를 연출하기.
그대의 취향껏.
꿀이며 요구르트, 잼이나 크림 등.

14

거품으로 장난하기.
샴페인이나 콜라, 아니면 탄산수 따위의 음료는
입천장을 감각적으로 자극하는 데 아주 그만.
그것들로 그대의 감각을 간질러 보라.

15

우선권들을 재검토하여 보자.
정말로 중요한 것들에 우선권이 주어졌는지를.

16

매우 특별히 친절하고 상냥하며,
솔직하고, 융통성 있고, 관대하고, 세심하고,
또한 너그러울 수 있도록
하루 24시간 온 힘을 기울여 보라.
그리고는 어떤 일이 벌어지는지 관찰하기.
이 기회를 이용할 것.

17

…좋은 습관을 들이기.
그 경험을 24시간 연장하기.
다시 또 24시간.
한번, 또 한번, 다시 한번.

18

연인에게 사랑을 이야기하라.
단 세 마디 말만으로도 모든 것을 발동시키기에 충분한 것.

19

인생에서의 크나큰 역경은
'이전의' 삶이 얼마나 평안하고, 또 오렌지꽃 향기처럼
달콤하고 향기로웠나를 깨닫게 해준다.
그러므로 너무 늦게까지 기다리지 말 것.
오늘의 삶의 열매들을 함께 맛보고, 즐기고, 음미하는 법을
서둘러서 다시 배우도록.

20

우리들이 함께 살게 된
가장 중요한 세 가지 이유의 리스트를 작성해 볼 것.

21

…그에게 그것을 다시 말하기.
더 좋은 방법은
그의 베개 밑에 그 리스트를 넣어두는 것.

22

나의 노력을 무참히 무너뜨리고,
또 희망마저 짓밟는 이들과는 거리를 두어야 한다.

23

나의 자기애(自己愛)로부터
연인을 보호하자.
그것이 우리 사이를 비집고 들어오도록 해서는 안 된다.
단 한순간에 얻게 될지도 모를 것을
몇 주, 몇 달, 몇 년간을 잃게 될지도 모르므로.

24

엑스선으로 안까지 꿰뚫어보기.
독서법을 바꾸기.
낮뿐 아니라 밤을 위해서.
그리고 둘이서 읽는 거지.
그러면 참 좋을 거야, 끝도 없이……

25

연인이 내 편에 서서
100% 그대를 지지해 주었던 적을 상기해 보자.
오감을 이용해 그때의 상황을 자세히 적어 보는 것이다.
내가 들었던 것, 느꼈던 것, 보았던 것 등등을.

26

…나의 감정이며 재인식,
안정과 자신감을 되찾아야 한다.
이 부드러움과 평안함의 이미지를
나에게 고정시킬 것.

27

…그대가 이제 막 발견한 감각들을
소중히 기록해 둘 것.
그리고 자주 읽어보기.
그 순간을 이렇게 다시 살아 보는 것이다.

28×28°

섭씨 28°의 물에 28분 동안 몸을 담가 보라.
둘이서, 두 배나 좋을 것이다.

29

내민 손 앞에서,
팔짱을 낀 채 서 있으면 안 되겠지.

30

커플의 삶에 어떤 자극과 새로움, 그리고 흥분을 일으킬
세 가지 아이디어를 찾아보자.
3일 내에.

31

사랑을 입증할
크나큰 기회를 기다리지 마라.
작은 것들이 멋진 법.
특히 작은 것들이 자주 반복될 때 더욱 멋진 법이다.

32

손가락으로 얼굴을 마사지하기.
코끝에서 시작하여 이마에 둥글게 원을 그리고,
뺨까지 내려올 것.
양 눈가를 다시 지나쳐서 눈썹 주위를 마사지.
그리고 부드럽게 관자놀이를 문지르면서 끝낸다.
그러면 기생충처럼 악착스레 덤벼들던
걱정과 긴장을 털어내는 데는 아주 그만!

33

연인에게도 이와 똑같이 마사지해 주기.
보다 아래까지 자연스레 마사지를 계속하는 데는
이만한 것이 없기 때문.
어루만지고, 주무르기.
그러고 나면 그만큼의 친밀감이 느껴질 것이다.

34

충실하라.

무엇보다도 먼저 자기 자신에게.

35

"물고기는 그 몸을 담고 있는 어항의 상태를 판단하기에
가장 나쁜 위치에 있다."(마오쩌둥)
명상하기.

36

그 어항에서 나오라.
모든 것의 규모가 제대로 보이기 시작할 것이다.
모든 것이 제자리를 찾기 시작할 것이다.
인생의 새로운 전망,
새로운 생각들,
새로운 에너지 등.

37

우리의 관계 속에 더한 열정과 천진난만함을 가져올
세 가지 방법을 찾을 것.

38

…그것을 마치 하나의 놀이, 하나의 습관처럼 반복해 보자.
그리고 연인의 반응을 관찰.
열정과 천진난만함은 그 전염성이 매우 강한 것.
어느덧 연인은 그대의 흉내를 내고 있을 터.
요술 같은 연쇄 반응을 즐기자.

39

연인의 말에 귀기울이기.
주의 깊게, 예외 없이.
귀를 기울이고, 또한 그를 놀래 줄 것.
그리고 귀 안의 귀들을 활짝 열어 놓을 것.
그가 이제 막 한 말을 언제나 똑같이 반복하고,
그의 생각을 요약할 준비가 되어 있도록.
마치 내가 그의 생각들에 융합되기를 원하는 것처럼.

40

…그가 말하도록 놓아두라.
그리고 끝까지 귀기울일 것.

41

…최고의 것을 놓치지 마라.
그 이후의 단순한 침묵은
감각과 부드러움으로 채워져 있으니.

42

…앞질러서 맛보기.
다음번에는
주저 없이 그가 나에게 비밀을 털어놓을 것이다.
그리고 이번에는 그가 주의 깊게 귀기울일 것이다.
커다란 관심을 가지고서.

43

연인의 석 달 동안의 부재를 상상해 보라.
그 연인이 그동안 얼마나 많은 것을
그대에게 주었는지를 깨닫고는
아마 놀라지 않을 수 없을 것이다.
그리고 그대가 그것들을 전혀 모르고 있었다는 사실에
또 한번 놀랄 것이다.

44

…요술 같은 이 말을 그에게 해줄 것.
"네가 없었다면 나는 어떻게 되었을까?"

45

…이 말 이외에 3개의 또 다른
요술 같은 말을 찾아보기.

46

즐거움을 찾아나서자.
그것이 나를 찾아나서 주기를 기다리지 말고.

47

욕망을 찾아나서자.
그것이 나를 찾아나서 주기를 기다리지 말고.

48

일과를 오후 세시에 마쳤다면,
또 다른 일거리를 굳이 찾으려 들지 말 것.
베짱이 역할을 맡아 보라.
개미 역할은 잊어버리고서.

49

연인과의 사이에 놓여 있는 방어벽을 무너뜨리기.
그리고 방어 자세를 갖춘 것들을 방어하기.

50

가슴과 가슴이 지속되기 위해서는
머리와 머리가 필요하다.
그 반대 역시.
그 둘의 균형을 맞출 것.

51

가슴과 가슴은
육체와 육체를 필요로 한다.
그 반대 역시.
그 둘의 균형을 맞출 것.

52

둘이서 함께 정규적으로 돈을 쓸 만한
세 가지 쉬운 아이디어 찾기.

53

그가 지금 사랑의 맹세를 하고,
또 내가 한번도 들어 보지 못한
가장 애정어리고 감동적인 찬사를 보내고 있다고 상상하기.

54

…가슴속에 이 행복과 감사와
희망의 이미지를 심어 놓으라.
그리고 이 이미지를 영원히 간직해야 할 멋진 보물처럼
단단히 고정시킬 것.

55

그와 사랑을 나눌 만한
엉뚱한 장소 세 곳을 찾아보자.

56

…승강기 안에서 그를 천상으로 올려보내 주자.
아니면 땅바닥에서.
땅바닥에서 받아들여지는 감각의 양은 그것의 두 배.

57

사랑의 여행을 준비하자.
비록 주말 동안의 둘만의 탈출이라고 하더라도.
멀리멀리 떠날 것. 그곳이 세상의 끝은 아닐 테니.

58

더욱 가벼워진 머리와 가슴.
모든 것들이 아주 쉽게 여겨지리라.
이렇게 스스로의 짐을 더는 거다.
온갖 잡동사니들로부터 해방되는 거다.

59

그대의 커플을 자랑스러워할 만한
세 가지 중요한 이유 찾기.

60

…그에게도 그 이유를 물어볼 것.
비교한 후, 그에게 감사하기.

61

자기 자신을 향한 기대와 요구를 낮추도록
하루 24시간 온 힘을 기울이기.
에너지를 재충전하고,
현실에 맞게 발걸음을 내디딜 것.

62

내가 좋아하는 일들을 할 수 있는 시간을 내자.

63

내가 좋아하는 것을 그에게 해줄 수 있는 시간을 내자.
그리고
그가 좋아하는 것을 해줄 수 있는 시간을 내자.

64

시간을 내자.
시간을 내지 않는 것은
나의 분수에 넘치는 사치이다.

함께 장난치기.
장난을 많이 치는 커플이
오래도록 지속되는 법.

만사가 잘 풀리면,
모든 상황이 좋아지면 등등으로
뭔가를 할 것이라 생각지 마라.
지금 이순간의 삶을 사는 거다.
더 이상 기다리거나 미루지 말고.

그대 커플의 강한 가치들을 북돋우라.
단결력과 정직함과 관대함을.
이 가치들은 그대 커플을 더욱 강하게 결속시킬 것이다.

68

잠옷을 입자.
그저 가벼운 레이스를 맨살 위에 걸치는 것만으로도
그에게는 신비스럽게 보일 수 있을 테니까.
그러니까 욕망을 자극한다는 것.

69

감사하는 마음을 더욱 자주 표현하자.
그것이야말로 습관으로부터 가져올 수 있는
가장 소중한 태도일 것이다.

70

내가 고안해 낸 이국적인 언어로
사랑의 말을 전하여 보자.
그런 뒤 우리 나라 말로 계속하여 이어 나갈 것.

7 1

나에게 일어나는 일들을 바라보는 시각을 바꾸어 보자.
어쩌면 그것만으로도 나에게 일어나는 일들이
바뀔는지 모른다.

7 2

…그 일들이 내가 꿈꾼 대로 일어나도록 놓아두자.
앞서서 예상하기.
그리고 예상대로 실제 일어나는 일들을 지켜보자.

7 3

연인에 대하여 말할 때에는
그의 긍정적인 면만을 말할 것.

7 4

연인에게 손을 내밀어 보자.
한번, 또 한번, 다시 한번…….
비록 그대가 그에게 손을 내밀고 있다고 여길지라도
그것만으로는 아직 충분치 않다.

75

가장 아름다운 옷들과 향수들을
어느 그럴듯한 파티를 위해서만
예비해 두고 있는 것은 아닌지…….
오직 그대가 정하였다는 이유만으로
‘특별한’ 하루가 되는 그런 날에
그것들로 축제 분위기를 연출하여 보라.

76

자신의 육체와 영혼을 있는 그대로 사랑하려는 노력을
하루 24시간 아끼지 마라.

77

성공 가까이에 이르렀다고 느껴질 때,
그 노력을 배가시켜야 한다.
압력을 낮추고자 하는 유혹에 빠져들면 안 된다.

78

좋은 것은 계속해서 간직해 둘 것.
성공에서 최대한의 이득을 이끌어 내기 위해.

79

각종 무공해 엽차(葉茶)들을 모으기.
별 모양의 아니스 열매들, 레몬 껍질, 피나무 꽃잎,
멜리사 잎, 차나무 잎, 박하 잎, 생강, 연꽃 잎 등.
연인에게 애교 부릴 때를 위해서는
산비장이차와 로즈메리차를 마련해 둘 것.
라벤더와 벌꿀을 첨가한다면 최상일 터.

80

“그렇지 않으면……”이라고 절대로 말하지 말 것.
‘그렇지 않으면’ 은
항상 말 뒤에 붙는 군더더기에 불과하니까.

81

그를 만난 것은 운이 좋기 때문.
그것의 세 가지 주된 이유를 찾아보자.

82

…그에게 그 이유들을 말해 줄 것.
최고의 것은,
그것들을 적어서 그의 베개 위에 놓아두는 것.

83

가볍게 목을 휘돌리는 목운동을 해보라.
긴장을 풀고, 두뇌에 활력을 주는 데 이상적이다.

84

그대 커플의 현재 모습은 잠시 잊어라.
그리고 그렇게 될 수 있을 모습을 예견해 보라.

85

…그대들이 그렇게 될 수 있을 모습을 예견하기.
그런 뒤에 행동으로 옮기기.

86

핫케이크와 머핀 만드는 법을 배워두기.
그 짭짤하고/달콤한 맛의 변화와
놀라운 다양성을 시도해 보라.

87

잠들기 전에
평화롭고 기분 좋은 장면을 연출해 볼 것.

88

…매우 달콤하고 평온한 장면들을 담은
카탈로그를 만들어 보라.
잠들기 전에 그것을 들여다보면
쉬이 잠들 수가 있으며,
숙면을 취하는 데에도 이상적이다.

89

사랑의 위력을 과소평가하지 마라.

90

한 팀으로서,
우리가 함께 성공시킨 것들의 리스트를 작성해 볼 것.
단숨에 떠오르는 최초의 10개부터 시작해 보라.

91

…연인에게 그 리스트를 완성해 줄 것을 부탁해 보라.

92

…이 리스트를 언제나 효용 있게 하고,
끝마치지 말 것.
그리고 네 개의 눈으로 그것들을 자주 읽으라.

93

연인에게 인내와
보다 주의 깊을 수 있는 법을 배우라.

94

그를 기쁘게 만들 수 있는 세 가지 아이디어 찾기.
타인을 기쁘게 만드는 기쁨은,
가장 섬세한 동시에 가장 풍부한 기쁨들 가운데 하나.
이 기쁨은 모든 것을 가능케 한다.
먼저 시작할 것.

95

실패를 예견하라.
성공으로 이끄는 길은,
때로는 길고 구불구불 나 있다.

96

…그렇지만 지름길을 택하는 용기도 가져야 한다.
성공을 향한 길이 많이 단축될 수도 있으므로.

나의 주변에 행복을 심자.
삶의 바람 같은 것이
나에게서 싹튼 이 행복의 씨앗들을
다른 이들에게 재빨리 가져다 줄 것이다.

그가 가볍게 바르르 떨도록 만들기.
작은 얼음 조각을 그의 몸에 떨어뜨려,
이 개구쟁이가 여기저기 마구 미끄럼을 타게 해볼 것.

…박하향의 아이스크림을 생각하기.
덥고-차고, 그리고 수렴제의 효과까지.
벅찰 만큼의 기분 좋음.
먹기 전에도, 먹은 후에도, 또 먹고 있는 중에도.

100

나의 길을 가자.
양들처럼 하지 말고.
그러니 나를 뒤따르는 이들의 뒤를 따라가지 말 일이다.

101

첫 데이트 때의 충일감과 자발성, 그리고
삶의 기쁨이 되살아날 수 있는 세 가지 방법 찾기.
연인끼리 그 원천으로 거슬러 올라가 보라.

102

연인이 그대에게 뭔가를 물었을 때,
가급적이면 "왜?"라고 되묻지 마라.
먼저 대답부터 할 것.

103

사소한 것들이나 중요치 않은 결점들은 내던져 버릴 것.
그대의 연인이 가진 장점들에 집중하라.
그리고 그에게 첫눈에 반한 모든 이유들까지.

104

“진정한 사랑의 척도는
제한 없이 사랑하는 데 있다.”(성 아우구스티누스)
명상하기.

105

샤워기를 함께 사용하기.
욕조를 함께 사용하기.
비누가 어디쯤 있는지 찾아보기.
정말 친밀감이 느껴질 것이다.

106

그대의 노력과 에너지와 수단들에 집중하여라.
주의가 산만하다는 것은
자기 자신을 낭비하는 것과 같다.

107

피부를 바꾸자.
속옷을 바꾸자.
그리고 도전하는 거다.
특히 멋지고 섹시하게 변신하는 거다.

108

그대들이 인식하지 못한 채 가방처럼 짊어지고 다니는
고민이며 스트레스 · 걱정거리들을
한눈에 보이도록 해보라.
그리고 둘이서 함께 그것들을 쓰레기통까지 운반할 것.
그것들의 자리는 마땅히 그곳이어야 하므로.

109

…그 첫날에는 아주 커다란 쓰레기통을 준비할 것.

110

…그런 다음에는 작은 봉지들을 준비할 것.
자주 쓸어 담아야 할 테니까.
그러다 보면 그 삶이 보다 가볍고 쉽고 아름다워질 것이다.

111

그의 모습에 온전히 만족할 수 있는,
또 그를 있는 그대로 감사히 여길 수 있는
일곱 가지 이유 찾기.

112

…처음 그를 만났을 때 느꼈던,
그 '저항할 수 없었던 싱그러운' 매력을
다시금 느껴 보기.

113

우리의 계획과 성공과 진보에 대하여 함께 이야기를 나누라.
그러나 실수와 실패와 두려움에 대해서는 입을 다물 것.

114

미래를 예견해 보라.
1년 후에, 3년 후에, 또 10년 후에
그렇게 되고 싶은 커플의 모습도 함께 발견하기.
서로에 대해서 많은 것을 배울 수 있을 것이다.

115

로맨틱한 순간은 감동으로 차 있는 법.
때로는 부드럽고, 강하고, 아름답다.
그 순간들을 모으라.
그 순간들은 그대들의 사랑 이야기를 밝게 비추어 주며,
또한 더욱 강하게 결합시켜 줄 것이다.

116

그를 코끝으로 동반하기.
그의 옷깃에 스민,
내가 가장 좋아하는 향수의 미세한 흔적만으로도
그와 온 하루를 함께하기엔 충분한 것.

117

융통성 있고, 단순하고, 남을 배려할 줄 아는
그런 사람이 되기를.
그러면 그 노력 하나하나가 백 배로 보상되리라.
아주 은밀히, 알지 못하는 사이에.

118

평범한 일상과는 다른,
조금 특별한 장식을 한 식탁에서
함께 식사할 수 있는 세 가지 방법 찾기.

119

맨 처음,
우리가 식사를 함께했던 장소로 되돌아가 보자.

120

오늘 저녁, 그 역할을 바꾸어 보자.
그리고 습관과 확신들을 뒤집어 보자.
밤이 훨씬 길어질 것이다.

121

비록 너의 생애에서
이미 한번쯤 말한 적이 있다 하더라도
그에게 다시 말할 것.

122

…그에게 보다 자주 말할 것.
그에게서는 매번 최상의 효과가 있을 것이다.

123

그에게 말을 할 때에는 가까이 다가가라.
좀더 바짝 다가앉아라.
그렇게 그대의 사랑으로 다시 한번 다가가는 거다.

124
그와 함께 나누는
일곱 가지 신념의 리스트를 작성할 것.

125

…연인에게 세 가지를 덧붙이도록 할 것.

126

쉼없이 덧붙여 나갈 것, 둘이서 함께.
그리고 그것들을 배양하기.
언젠가 그 각각의 뿌리들이 자라서
우리가 이루는 한 몸이라는 나무에
영양분을 보급할 것이다.

127

사랑으로 화답하자.
모든 것이 바뀔 테니.
나의 온 삶이 그의 덕분에 변할 수가 있다.

128

사랑으로 화답하자.
난 언제나 그렇게 할 수가 있다.
사랑은 모든 것을 치유하는 것.

129

사랑으로 화답하라.
사랑은 모든 것을 해결할 테니.

130

그 무엇에도 크게 놀라지 않기.
이 세상의 그 무엇도 결정적으로 완성된 것은 없다.
특히 커플의 경우에는 더욱.
우편배달부는 항상 벨을 두 번 울리고,
언제나 행복을 알리는 것은 아니다.
그러므로 순간의 행복을 만끽할 것.

131

웃어라.
웃음은 건강의 가장 친한 친구.
마지막에 웃는 자가 승리한다고 하잖았던가.

132

연인의 가치를 높일 수 있는 세 가지 방법 찾기.

133

나의 작은 정성에
두 배의 시간과 절반의 비용을 들일 것.
그리고 나의 상상력을 발동시키기.

134

자동 세차장의 커다란 솔이 차를 세차하는 동안,
월귤나무 열매를 넣은 크레이프와
덥힌 염소 치즈만을 얹은 샌드위치를
연인과 함께 은밀히 맛보기.

135

너의 사랑에 보다 큰 삶을 부여할 것.
너의 삶에 보다 큰 사랑이 부여될 테니.

136

모든 것이 너무나 빠른 속도로 진행될 때,
누워 보라.
잔디 위에, 땅바닥에, 침대 위에.
어린 시절을 회상하면서 하늘을 올려다보라.
그대 안의 모든 것들이 갑자기 잔잔해질 것이다.
번번이 너의 주변까지도.
그것은 그대의 삶에 대한 조망을 바꾸는 데
더할 나위 없는 방법이기 때문이다.
누워 보라.

137

사랑할 것을 택하여라.
네가 옳다는 것을 증명하려 들지 마라.
자기 자신이 옳다는 것을 증명할 길을 먼저 찾는 사랑은
이성을 잃게 만든다.

138

그대가 가장 좋아하는 연인의 장점 세 가지를
그에게 말하여 보라.

139

…만약 세 가지만을 찾기가 어렵다면,
일곱 가지를 찾아보라.

140

…그에게 자주 그것들을 일러 주어야 한다.
그는 이미 내가 싫어하는
자신의 어떤 점들에 대하여는 잘 알고 있다.
하지만 내가 좋아하는
자신의 모든 것들을 이해하는 데는
보다 많은 시간이 필요할 테니까.

141

새로운 행복을 추구하기.
내게서 멀어져 간 것들이며 분열시킨 것들,
실망시킨 것들, 쓴웃음을 짓게 만든 것들,
그리고 화나게 한 모든 것들을 일소하리라.
잡동사니들을 버리는 청소를 하라.
최고의 것들은 남기고, 최악의 것들은 버려라.
처음부터 다시 시작하는 거다.
그 효과는 놀라울 것이다.

142

너의 커플을 어떤 다른 커플과도 비교하지 말 것.

143

간혹 연인에게 경어를 써보자.

144

연인이 더할 나위 없이 가장 유일한 동시에
가장 복수적일 수 있는 세 가지 방법 찾기.
3일 이내에.

145

"우리는 행복이 떠나가는 소리로
그것이 행복이었음을 깨닫는다."
수년간의 행복을 그렇듯 쉬이 떠나보내지 마라.
아직 시간이 있을 때,
그 행복을 만끽할 천 가지 방법을 모색하여 두라.
지금 당장.

146

화해나 중재와 친하여지기.
혼자서 중재하면 당연히 잃게 되는 것이고,
둘이서 함께하면 얻게 되는 것.

147

그와 감각적인 약속을 해보자.
수요일 오후 다섯시 삼십분은 사랑을 나누는 시각.
일주일 동안 그 하루를 준비하기.
그날을 생각하는 것,
어떤 날을 기다리는 것은 너무 좋은 일.

148

어제의 눈으로 오늘 그대의 커플을 바라보라.
연인을 만나기 전의 그대의 삶을 회상해 보라.
그때의 열망과 필요와 꿈과 야망을.
그리고 지금까지 걸어온 길을 가늠해 볼 것.
그대가 실현한 것들 가운데
가장 자랑스러운 세 가지를 적어 보라.
그것은 아무리 읽고 읽어도 지나치지가 않다.

149

…아직도 만족스럽지 못한
그대의 세 가지 주요한 기대 사항을 찾을 것.
그리고 가능한 빨리 그것들이 실현되도록
온갖 노력을 기울이기.

150

…그대의 연인에게도 같은 연습을 하도록 권하여 보라.
그리고 그 결과들을 정성껏 비교하여 볼 것.

151

온화하게 행동하자.
아주아주 온화하게.
온화함의 무기 앞에서 저항할 수 있는 자는
아무도 없다.

152

매일매일을 함께,
기분 좋은 점수로 하루를 마감할 수 있는
세 가지 방법을 찾아보자.

153

자기 자신만의 좋은 의견을 가져야 할
열 가지 이유를 찾아보라.
그리고 그것들을 암기하고, 적어 보기.

154

그대의 연인이 그만의 좋은 의견을 가져야 할
열 가지 이유를 찾아보라.
그리고 그에게 그것을 써줄 것.

155

우리를 동시에 웃게 만드는 이들과 함께하기.

156

연인이 하는 칭찬을 받아들여라.
그대의 자부심을 불러일으키려기보다는
연인의 안녕을 위해서.
그리고 그대의 온 마음을 다하여 그에게 감사할 것.

157

'중대한' 문제를 먼저 해결할 것.
그것들이 나에게 다가오기 전에.
그래서 나를 완전히 망쳐 놓기 전에.

158

자신의 팀이 훌륭한 실력을 갖추기만을 염원하는 코치처럼
3분 동안 커플을 바라보기.

159

…자기 자신에게 줄 수 있는 충고 세 가지를 찾을 것.
그리고 석 달 안에 그 충고들을 따르기.

160

자신의 자리를 지켜라.
몸만이 그 자리를 지키는 것이 아니라 사랑으로.
그것이 그대의 첫번째 의무인 것.

161

그대의 연인이 더욱더 행복하게 살아가도록 도울 수 있는
세 가지 방법 찾기.

162

…행복하기.
그대가 행복한 만큼 연인 또한 행복해지도록 도울 수 있는
가능성이 커지는 것.
행복은 전염성이 굉장히 강하므로.

163

둘이서 함께,
생리적인 리듬을 지킬 것.

164

그대의 커플을 의미하고, 연상시키고, 재현하는 모든 것들을
한마디로 요약할 수 있는 이름이나 문장을 찾아보라.
파고 들어가라.
노력해 보라.
가장 부족한 부분은 항상 저 깊은 곳에 있으니까.
그대들 관계의 진정한 보물들을 발굴해 낼 수 있을 것이다.

165

돋보기는 내다 버릴 것.
망원경으로 사물을 보라.
문제들이 각자의 정확한 비율을 가지고 다가설 것이다.

166

삶을 사랑하라.
사랑의 삶은 인생에 사랑을 끌어당긴다.
전력을 다하여 삶을 사랑해 보라.

167

불균형이 저울을 무겁게 내리누를 때에는
부담을 한 단계 가볍게 낮추어 보라.
작은 일탈이 때로는 커다란 충격보다 낫잖은가.

168

처음 그를 만났을 때,
내가 하였던 말을 다시 한번 해보자.

169

삶을 각 단원별로 살아 보라.
차례로 한 단원 한 단원씩.
동시에 두 단원을 살면 안 된다.
아무것도 이해할 수 없게 될 테니.

170

연인의 가슴속에 있는 소중한 계획들에
날개를 달아 줄 세 가지 방법 찾기.

171

그대들을 신뢰하고 있는 이들을 저버리지 말 것.
우리는 빈번히 너무 늦었을 때에만
그것들의 소중함을 깨닫는 경향이 있다.

172

목소리를 낮출 것.
그래서 그대의 연인이 귀를 쫑긋이 세우도록.
속삭일 것.
한 음절 한 음절이 새로운 화음을 이루도록.
신비와 감각으로 가득한 그런 음악처럼.
그대의 연인이 가만히 다가오도록 하기.
그리하여 그 손길에 부드럽게 휘감기기.

173

기분이 어둡게 가라앉을 때,
그대 두뇌의 회색질로 그것을 장밋빛으로 채색하라.
그리고 주변에서 일어나는 모든 일들을 분석하려 들지 말 것.
대신 다른 곳으로 시선을 돌려 보라.

174

그대의 커플이 가진 온화한 가치들을 고무시켜라.
겸손함과 단순함과 동정심 등.
그대들을 더욱 탄탄히 결속하여 줄 것이다.

175

리듬감 있게 걸어 내려가자.
그리고 그가 현관에 들어서기 전에
여기저기를 애무해 줄 것.
더 깊은 단계로 발전하는 데 더없이 좋을 것이다.

176

함께 자주 웃도록.
웃음이야말로 두 사람을 가장 가깝게 하는 무기.

177

온화하면서 환한 빛의, 신뢰와 존중의 염이 가득한
정서적인 분위기를 북돋울 세 가지 방법 찾기.

178

24시간 안에
그로 하여금 진정한 사랑의 맹세를 할 수 있게 만들어 보라.

179

용서하기.
오늘을 만끽하기 위해서,
또 내일이 제공할 모든 것에 한발 앞서 감사하기 위해서
어제를 용서할 것.

함께 획득한 매번의 승리를 축하하자, 둘이서.
그리고 행복을 만끽하는 일에 만족한다는 사실을
자랑스러이 여길 것.
커다란 사랑은
작은 성공들이 이룬 산 위에 세워진다는 사실도 잊지 말자.

III

인생은 아름다운 것

C'est beau la vie

행복해지기 위한 행복의 단상들

1

미소를 짓는 거다.

2

하고 싶은 것을 하자.
그러나 잘해야 해.

3

복잡한 생각일랑은 조금 잊어버리자.
그리고 가슴의 도약을 좇아가 보는 거다.

4

삶의 질을 높이기.
삶에 살아온 연도를 덧붙이기보다는
살아온 연도에 삶을 덧붙일 것.

5

사탕을 공중에 던져
입으로 받아먹기를 배워 볼 것.

6

환히 웃고 있는 연인을
찬찬히 바라다보아.
그리고 그 행복한 이미지를 마음속에 새겨두는 거야.

7

습관은 행복의 적.
좋은 습관을 들이고, 나쁜 습관은 버리기.

8

칭찬을 받아들이는 법을 배우도록.

9

행복을 찾지 말기.
행복이 나를 찾을 테니까.

10

움직여야 해.
행복의 열쇠와 들판의 열쇠는 대개가 같아.

11

어느 날 온 세상에 애정이 넘쳐흐르는 상상을 해보아.

12

노니는 어린아이들로부터도 교훈을 얻자.
아주 사소한 것에서도 아이들은 기쁨을 찾지 않는가.

13

병이 반이나 비어 있다고 여기는 대신에
반이나 차 있다고 여기기.

14

주어라.
더 주어라. 그것이 삶의 활기.
행복의 에너지.
주면 줄수록 인생은 나를 더욱 풍요롭게 하리라.

15

…반쯤 계량해서 주지 말기.

16

…되돌려받을 생각으로는 주지 마라.
되돌아올 것 또한 기대하지 마라.

17

발을 추켜올려야 할 때를 놓치지 않기.
코끝도 마찬가지.
모든 것에는 그것만의 때가 있는 법.
특히 아무것도 하지 않아야 할 때라면 더욱더.

18

'나에게 …이 있다면 행복할 텐데' 라고 생각하는 것은 금물.
행복에 있어서 그 '내일' 은
대부분 '결코 아닌 것' 을 의미하므로.

19

연인에게 먼저 꽃을 선물하기.
그리고 나서 그 이유를 찾도록.

20

좋은 태도를 지니자.
그 어떤 능력보다도 태도가 중요한 것.

21

인생이 지금까지 내게 가져다 준 것들을 떠올려 보라.
그러면 삶이 더욱 충만히 느껴질 것.
비록 돈이 그다지 많지는 않더라도
이미 부자나 마찬가지인 셈.

22

산타할아버지의 손을 꼭 잡기.

23

기회를 엿보라.
그리고 그것들을 추적하기.
그리하여 어디서나 그것들을 찾을 수가 있게 될 것.

24

행복을 세상 끝에서 찾지 말자.
그것은 언제나 오해.
지금 내가 있는 곳,
바로 이곳에서 행복을 찾으라.

25

심장이 속삭이는 소리에 귀를 기울여라.
그리고 저 깊은 곳에서 반짝이는 작은 별들을 느껴라.

26

우리를 화나게 하는 이들은,
어쩌면 우리가 가장 싫어하는
자기 자신들의 이미지를 반영할 때가 많다.

27

삶을 신뢰하자.

28

좋아하는 가수며 배우 · 작가들의
사인회에 가보라.

29

변화하도록 놓아둘 것.
변화한다는 것은 능력의 문제라기보다는
태도의 문제일 때가 많으므로.

30

자책하지 말자.
가장 큰 기쁨은
행동과 계획 과정으로부터 솟아나는 것이다.
그것의 실현에 있는 것이 아니다.

31

멋지게 차려입자.
그러나 요란하지는 않게.
이왕이면 자주.

32

소중한 이들에게 자주 편지를 쓰도록.
그것은 단 두 줄만이어도 상관없다.
애정과 사랑이 담긴 글을 받아 보는 것은
너무나도 기분 좋은 일.

33

작은 몸짓들을 증식시켜라.
너무나 은밀해서 아무도 그 몸짓을 하였다는 것조차 모를
그런 몸짓들을.
그냥 몸짓의 아름다움만을 위해서.
아무런 다른 생각 없이.

34

눈을 지그시 감고서 장미꽃 향기를 맡아 본다.
난생처음으로 꽃향기를 맡아 보는
그런 어린아이처럼.

35

자신들만의 설날을 맞이하기.
24시간 동안 모든 것을 전통적으로 해볼 것.
또 할로윈에는 모든 것을 미국식으로.

36

너무 늦어 버리기 전에
사랑하는 이에게 그 사실을 말하자.

37

타인들과 나누어라.
진정한 삶의 시간이란
타인들을 위해 할애하는 시간일 때가 많다.

38

자기 자신에게 있어서의
세 가지 '최초의 것'을 떠올려 보자.
첫 키스와 부모를 동행하지 않고 한 외출 등등.
눈을 감고서 이 행복을 다시금 누려 보라.

39

제시간에 떠나라.

40

"우연은 그것을 찾는 이들에게만 일어난다."(파스퇴르)
명상하기.

41

축제에의 초대는 항상 받아들일 것.
열이 41도로 올랐다면 혹여 모르겠지만!

42

몽상으로 헛되이 시간을 보내는 대신에
차라리 꿈대로 살자.

43

끝까지 들어라.
비록 나의 대답이 "아니오"일 수밖에 없음을
이미 인지하였다 하더라도.

44

몸과의 만남을 가져라.
미용실, 매니큐어, 온천, 증기탕, 마사지, 전-신 등.

45

세상을 향해 나를 열어 놓는다.
행복이 들어올 수 있도록.
행복이 일하도록.

46

지나간 논쟁은
절대로 다시 들추지 말 것.

47

외모만이 아니라 그 내면까지도 아름답게 가꾸기.
그리고 마음의 우아함을 간직하기.

48

죽기 전에 하고 싶은 일들의 리스트를 작성하여 볼 것.
10가지가 되었을 때는 25가지를 겨냥하고,
25가지에 이르렀을 때는 50가지를,
50가지에 이르렀을 때는 100가지를…….
그리하여 계획들과 행복의
퍼내도 퍼내도 고갈되지 않는 '보물'을 발견하는 거다.

49

옷차림을 분방하게.
어느 날은 스타처럼 화려하게,
다음날은 얌전하게 세일러복으로,
그 다음날은 판초를 두른 브라질인처럼.

50

이런저런 의문일랑은 품지 말고,
'지나치면서' 시리즈의
홀마크 카드 30장을 사보라.

51

소중한 이들에게
석 줄의 애정어린 글과 함께
그 카드들을 보내어 보라.
효과는 절대 보장.

52

연인의 배 위에 머리를 살며시 기대어라.
그리고 그 순간을 만끽하여라.

53

내 자신이 되고자 노력하기.
사람들이 내게 부여한 '시나리오'로부터
스스로를 해방시킬 것.
때로는 어린 시절부터. 선택할 일.
자기 자신이 되고자 힘쓰고, 또한 견뎌내기.

54

사랑하는 이가 활짝 피어나도록 도울 수 있는
세 가지 방법 찾기.

55

‘너’ 라든가 ‘바로 너야’ 라는 말들을 쓰지 않고서도
능히 나의 분노를 표출할 수 있는 방법을 배우자.

56

애정과 감사와 사랑이 담긴
10개의 작은 메시지들을 숨겨 놓을 것.
집 안 곳곳에.
그리고 다시 시작하기.

57

이곳에서,
또는 저곳에서
평상시에 하는 것과 완전히 반대되는 것을 하기.

58

좋은 추억을 얻기 위해서라면

그 비용에 연연해 마라.

인색할 필요 없다.

다른 곳에서 절약하면 그뿐.

59

모든 일들에 보다 익숙해지도록 노력하기.

60

스스로 준비하는 이에게는

우연한 마주침이란 없다.

다만 약속이 있을 뿐.

그러니 준비하라.

61

어떤 경험들이

나를 더욱 둔감하게 만들어서는 안 될 것이다.

반면, 그러한 경험들이

나를 더욱 감각적인 사람이 되도록 하여야 할 일이다.

62

매일 우아하고, 감각적이고, 관대한 몸짓을 해보라.
그것이 비록 아주 미미하고 작은 것이라 하더라도.

63

…나와 관련한 한 가지 실례가
나를 둘러싸고 있는 모든 사람들에게서
연쇄 반응을 일으키는 장면을 상상해 보라.

64

…그리고 진행중인 이 혁명에 참가할 것. 조용히.
선함과 부드러움과 친절함의 혁명에.

65

흥정하기.
보기표에 나타낸 가격을 최종적인 것으로 받아들이지 말 것.
될수록 그보다 적게 지불하려는 노력을 기울이기.

66

"그 따위 일이야 아무래도 상관없어!"
라고 절대 이야기하지 마라.
일이 순탄하게 진행되지 않을 때에는
그렇다고 순순히 인정할 것.

67

야망에 찬,
그러나 현실적인 행복에 대한 이상은
기적을 일으킬 정도까지 우리를 자극할 수 있다.
하지만 지나치게 높은 이상은
쉽게 하나의 굴레가 되어 버리기도 한다.
그러므로 지나친 기대는 금물.
자기 자신에게 점진적으로 진보할 수 있는
시간을 부여하라.

68

비밀을 비밀로 간직하기.

69

당시에는 시도할 엄두조차 내지 못했던
어릴 적이나 사춘기 적의 환상을 찾아나서기.

70

요구르트에 한 스푼의 꽃가루를!

71

친구들과,
또한 내가 자주 만나는 이들을
보다 신중히 선택할 것.
언젠가는 그들과 닮게 될 테니까.

72

가장 좋아하는 것은 책 읽기.

73

내가 아직 한글 버전 1.0을 쓰고 있을 때,
다른 이들은 5.2를 쓰고 있다면
내 것을 시대에 맞출 생각을 한번쯤 해봐야잖을까.

74

순수한 행복의 그 순간이
영원토록 지속되게 하는 법을 배우자.
추억이 빛바래지 않도록,
잊혀지지 않도록 하는.

75

전 세계의 애정 지수를 높여 보라.
더 많은 입맞춤과 포옹과 어루만짐으로.

76

재활용을 독려하기.
재활용된 상품을 사기.

77

한 어린이가 진정으로 이루고자 하는 계획을
실현할 수 있도록 도울 것.

78

나 자신의 기쁨을 위해,
그리고 행복을 위해
또 다른 인생을 기대하지 말자.

79

진실을 말하여라.
그것은 간혹 마음을 아프게 할 수도 있겠지만,
거짓말은 흉터를 남긴다.

80

…진실을 말하는 데 있어서도
어느 선까지가 상처를 주지 않을지 연구해야 한다.
그리고 그 이상은 멀리 나가지 마라.

8 1

패배마저도 우아하게 받아들이자.

8 2

머릿속의 잡다한 생각들을 몰아내라.
사랑에 완전히 몰두하지 못하는 1초는
잃어버린 1초와도 같다.

8 3

질적인 평가는 접어두고서
사심 없이 칭찬하는 법을 배우자.

8 4

다른 이들은 의무만을 인식하는 곳에서,
나는 감사와 은혜의 원천을 발견하기.

8 5

섹스와 보물찾기를 혼동하지 말 것.
섹스와 기록 갱신 또한 혼동하지 말 것.

86

기적을 믿는다.

87

삶이란 무한한 것이 아님을 늘 명심하여
순전한 삶을 살아갈 것.

88

그 외모만으로 사람들을 판가름하지 마라.
아름다운 만남들을 그저 스쳐 지나가 버릴 수 있다.
너무나 빨리 '붙여 버린' 라벨 때문에.

89

축제가 한창 무르익을 무렵
초대객들에게 환영의 인사와 더불어
가볍게 포옹하는 것을 잊지 말기.

90

만일 어떤 물건을 사기 전에 잠시 머뭇거려진다면,
그것은 틀림없이 내면의 목소리가
우리에게 귓속말로 충고를 해주고 있는 것이다.
그럴 때는 기다려라.
예를 들면 바겐세일을 이용하는 거다.

91

"참 좋은 하루예요"
라고 말할 수 있는 누군가를 찾기.

92

만일 상황이 허락한다면
아기를 가질 것.

93

사람들이 나에게 기대하는 것보다 조금 더 주자.

94

여기저기에 켜져 있는 전등을
24개의 촛불로 바꾸어 보았다.

95

"언젠가는 행복해질 거야"
라고 절대로 말하지 마라.
행복은 바로 여기에 있든가,
아니면 결코 어디에도 없다.

96

월요일 아침부터
주말을 위한 계획을 세울 것.

97

선물을 한다거나,
뭔가 새로운 일을 함께하기 전에
상대의 호기심을 유발하는 방법 읽히기.

98

초콜릿을 먹기. 개의치 말고.
초콜릿에는 삶을 장밋빛으로 보게 하는
물질이 들어 있대나.

99

측근들과의 관계에 있어서
지나치게 세밀히 관찰하려 들지 않기.

100

봉제 인형을 선물하기. 아주 작은 것이라도.
그것 이상으로 부드러운 것은 없다.

101

춤을 잘 추는 법을 배우기.
그것은 모든 밤을 성공으로 이끄는
패스포트와 같은 것.

102

…탱고를 배우라.
그것은 신혼의 행진처럼 감각적이다.
그리고 살사의 스텝들은 또 어떤가.
매운 맛을 주기 위해서. 뜨겁게!

103

…가장 먼저 무대로 나가 춤추는 사람이 되어 보라.

104

돌아오는 12개월은
지금까지의 삶 중에서 가장 충일하고
행복한 삶이 되리라고 결심한다.

105

야유와 냉소와 비판은
행복과 융합될 수 없는 것들이다.
이것들과 거리를 두자.

106

연인에게 눈가리개를 씌우자.
그리고 그 이유를 찾아보기.

107

'결코' 라든가 '언제나' 라는 말들을 사용하지 않고도
분노를 표출할 수 있는 방법 익히기.

108

이불 속으로 연인을 유혹해 들이기 전에
먼저 자신의 몸에 향수를 뿌릴 일.

109

노래할 수 있는 기회를 놓치지 마라.
솔로보다는 듀엣으로, 트리오로, 그룹으로
하는 것이 한결 좋다.

110

행복의 문은 내면으로부터 열린다.
다른 곳에서 찾지 마라.

111

…그것을 열기 위해
복잡한 열쇠를 가질 필요는 없다.
그같은 몸짓보다는 단순한 생각들이
훨씬 효과적일 것이다.

112

…복잡한 열쇠나,
그것을 열려고 미칠 듯 몸부림치는 것은
아무런 소용이 없다.
그보다는 부드러운 몸짓이 훨씬 효과적.
그 앞에서 그것은 저절로 열릴 것이다.
우리가 생각지도 않은 그런 순간들에.

113

나의 내면이 보다 명랑해질 수 있는
세 가지의 단순한 방법 찾기.

114

심장에 신경을 쓰자.
일생 동안 아무 일 없으리라는 보장이 없는 만큼.

115

아름다운 모래톱 속에
소중한 그 무엇을 감추어 두듯이
연인을
그대의 마음속 깊은 곳에
아주 소중히 간직해 두기.

116

나날의 삶 속에서

멋진 모습들을 찾아내는 법을 배우자.

깜짝 놀랄 만큼 자연스럽고,

자연스레 깜짝 놀랄 만한 것들을.

117

낮잠을 자보라, 누구와?

118

만약 무언가가 오래도록 마음에서 떠나지 않는다면,

포기하지 마라.

포기하고 만다면,

그것은 마치 자기 자신의 한 부분을 포기하는 것과 같으니.

119

잘 나온 사진들을 액자 속에 넣어둘 것.
그 중에서도 가장 마음에 드는 사진은
포스터 크기로 확대하여 걸어둘 것.

120

아양 부리는 법을 배우기.

121

'만족한다는 것'의 의미가 무엇인지를 숙고하기.
그것이 커다란 행복의 열쇠가 될 테니.
무엇이든 열 수 있는 만능열쇠처럼.

122

선물 속에 또 하나의 선물을…….
그래서 선물받는 기쁨을 배가시키기.

123

그 실루엣과 풍모에 변함없는 주의를 기울여라.
그것을 위해 보내는 작은 노력이
어쩌면 더 큰 것들을 가져다 줄 테니.

124

'당연한' 것들에 보다 많은 배려를 하기.
그리고 그것들을 다시 이야기하기.
틀림없이 지금껏 그것들의 실질적인 중요성을
많이 잊고 있었을 것이다.

125

잠에서 깨어나자마자 지난밤의 꿈을 적었다.
가장 소중한 꿈의 조각들은
그 몇 초 내에 사라져 버리므로.

126

…꿈들이 인도하는 대로 좇아가 보라.
실수나 방황을 피할 수 있을 것이다.
잠재의식이 틀리는 경우는 드물며,
직관은 금과 같은 가치를 갖는다.

127

…만일 아무리 애를 써도 생각이 떠오르지 않거든
일어나자마자의 그 최초 생각들을 적어 보라.
그것들을 다시 읽어보면서
아마 기분 좋은 놀라움을 경험하게 될 것이다.

128

침대 옆에는 늘 노트 한 권과 연필 한 자루를 놓아두기.

129

새소리를 낼 수 있는 피리 하나 들고서
숲으로 떠나 보라.
한 무리의 휘파람새들이
즐거이 에스코트해 줄 것이다.

130

우아한 승자가 되자.

131

매일매일 승리하기.
그 전날이나 그 다음날과는 별개의 매일을.
그 매일이 나의 삶에서 최고의 날이 되어야 할 것이라고
미리 결심해 두는 거다.

132

털 있는 가죽의 손질을 위해
특별히 고안된 브러시를 하나 사도록.
기분이 아주 좋아질 것이다.

133

부드럽고 명랑한 선율에 싸여 있으라.
그대의 리듬과 기분이
그 음악적 분위기에 동화될 테니.

134

과거를 무기처럼 사용하지 마라.

자기 자신이 되기.
차분히 자신의 진정한 인성을 확인해 보라.
비록 그것이 때로는 마음에 들지 않더라도.
결국에는 모두가 승자가 되는 거다.
측근들이 그러하였듯이
아마 그 자신도 조금 놀랐을 테지만.

"사랑은 존재하지 않는다.
다만 사랑의 증거만이 존재할 뿐이다."
명상할 것.
그리고 자신이 느끼는 감정을 입증해 보라.

웃을 기회를 찾기.
웃음 사냥을 나서라.
마침내 어디엔가에서 웃음을 찾게 될 것이다.

138

뭔가 대단한 것만을 찾으려 들지 마라.
그보다 일상의 소소한 것들의 소중함을 깨닫도록.
이 약속된 행복의 빛들을.

139

"광기 없이 사는 사람은
그가 생각하는 만큼 현명하지 않다."(라로슈푸코)
명상하기.

140

방바닥에 길게 누워서
여행 카탈로그며 가이드북, 또는 엽서들을 들추어보기.
그리고 여행 계획을 세우기.

141

친절과 예의의 표시들을 늘려 나가자.
그리고 그것들을 내 삶의 스타일로 삼자.

142

측근들과 이야기를 나눌 때라도
암시하는 듯한 어투로 에둘러 말하지 말 것.
솔직하고 분명하게 말할 것.

143

마음으로 능히 받아들일 준비가 되어 있는 것
이상의 행복은 결코 얻지 못할 것이다.
그러니 마음을 열어라.
더욱더, 한번, 또 한번, 다시 한번…….

144

"제 실수입니다"
"죄송합니다"
라고 더욱 자주 이야기해 버릇하기.

145

만약 돈이 아무런 가치도 없다면,
나는 무엇을 할 것인지 생각해 보기.
가능한 한 그 세 가지를 가장 가까운 날에
실현할 수 있도록
3개월 내내 노력하기.

146

머릿속에서 여행을 떠나 보라.
지구상에서 가장 마술적인 장소를 떠올려 보는 거다.
그리고 짐을 꾸려 떠나자, 당장에.

147

오감을 잘 활용하기.
특히 망각하는 경향이 잦은 것들을.
후각과 촉각.
킁킁거려 보라.
모든 것들을 만져 보라.

148

진정한 삶이란
이러한 목표, 저러한 조건에 다다른 후인
내일에 있는 것이 아니다.
진정한 삶은 여기,
바로 지금을 사는 것이다.

149

꿈 끝까지 가보라.
도전하라.
삶에서 실패란 존재하지 않는다.
단지 결과만이 있을 뿐.
그러니 도전하라.
그 길에서 우리는 언제나 승자일 테니.

150

요리를 한 사람에게는
언제나 칭찬을!

151

노인들에게는 특별히 예의바르게 행동하고,
인내심을 가질 것.

152

어제는 영원히 떠나갔다.
미래는 하나의 꿈.
오늘을 살아라.
내일은,
그 내일은 이미 늦지 않을까.

153

마음 안에서
어릴 적 바닷가로 돌아가 보라.
바닷소리, 갈매기 울음소리, 아이들의 외침들에
귀기울여 보라.
또 모래와 조개껍데기들을 모아 보라.

154

스스로를 멸시하지 말자.

행복은

사랑하는 것을 하는 것에 있지 않다.

행복은

하는 것을 사랑하는 데 있다.

155

이제, 그 기회가 왔다고 믿어라.

자신은 운이 좋은 사람이라고 믿는 이들은

모든 일에서 성공을 거두는 법이다.

156

'작은' 행복들을 음미하자.

아무리 보잘것없는 것이라 하더라도.

큰 행복도 이러한 작은 행복들이 모여

이루어 낸 것 아니던가.

157

끝까지 노력하자.
한 장이 끝났다고 해서
막이 내리는 것은 아니잖는가.

158

인생은 레스토랑이 아니라
셀프서비스 뷔페.
자기가 알아서 챙겨야 하는 것.

159

…다시 먹고 싶을 때에는 주저하지 마라.
다시 한번, 다시 한번, 다시 한번, 다시 한번.
그리고 또 한번, 또 한번, 또 한번.

행복으로 나 있는 길을 찾지 말자.

행복은 길 위에 있다.

지금 내가 가고 있는 바로 그 길 위에.

저 끝에 있는 것이 아니라.

행복은 그 여정에 있다.

도착지가 아니라.

짐을 꾸리자.

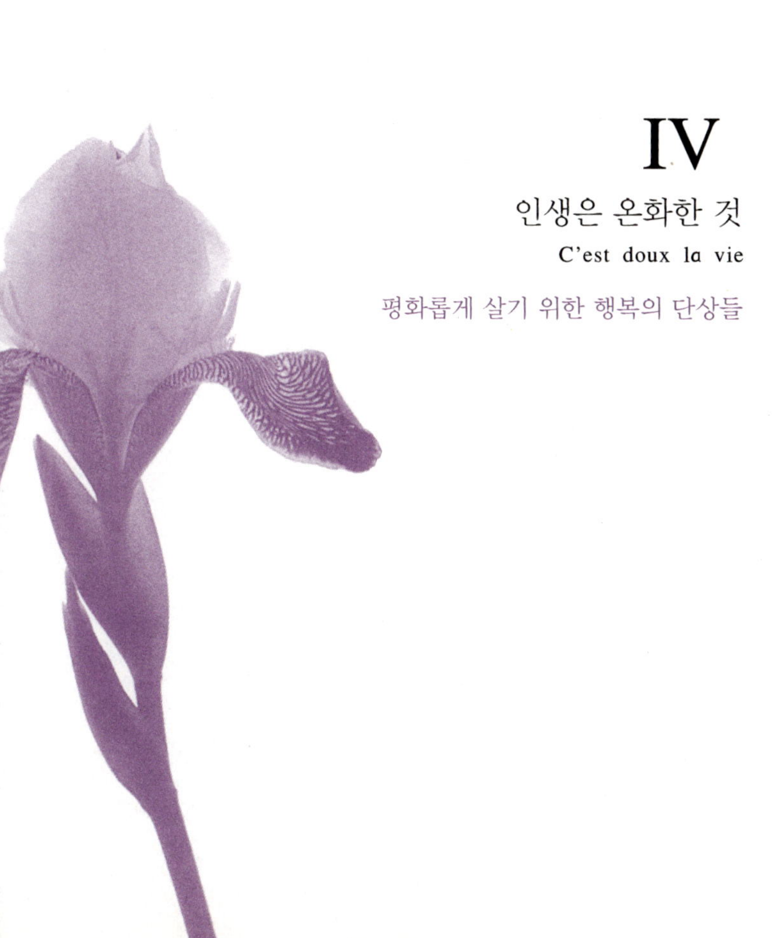

IV

인생은 온화한 것

C'est doux la vie

평화롭게 살기 위한 행복의 단상들

1

미소를 짓는 거다.

2

하루 24시간
자기 자신을 평가하려거나
비판하려 들지 않도록
마음을 다하기.

3

에너지 소모를 줄일 것.
속력도 좀더 늦추기.
거북, 달팽이, 나무늘보,
도마뱀, 마멋, 들쥐처럼.

4

아이의 귀 뒤에서 동전 한 닢이 나타나는
마술을 배워 보기.

5

인생에서 단 두 가지 목표만을 가지기.
그 하나는 원하는 바를 얻는 것이고,
다른 하나는 그것을 음미할 줄 아는 것.

6

…경시하지 마라.
두번째 목표가 훨씬 더 중요하고,
실현하기도 어려운 법.

7

조명을 낮추라.
감각들은 되살아나고,
정신은 휴식을 취할 것이다.

8

시작한 것은
끝을 내자.

9

자기 자신과
가장 먼저 화해하기.

10

한 곳에 머무를 것.
까치밥나무 아래, 벤치 위, 혹은 카페의 테라스.
그 한 곳만을 끈덕지게 찾기.

11

수첩에다
행복과 더불어 '감사히' 여겨야 할
20가지를 적어 보기.

12

…매일 아침 새로운 것들을 하나씩 더해 가기.
비록 아주 작고 사소한 것이라도.

13

…할 수만 있다면,
서로 관계를 맺고 있는 이들에게
자주 감사를 표할 것.

14

…이 리스트를 자주 읽기.
아무리 읽어도 지나치지 않을 것.

15

삶이 내게 가져다 준 이 온화함의 편린들에
감사의 마음을 가지기.

16

일주일에 단 한 번이나 두 번만
개인 편지함을 열도록.

17

인생을 있는 그대로 받아들이자.
그리고 원하는 바대로 될 수 있도록
힘껏 노력하는 거다.
그 반대는 금물.

18

하루 24시간을 마치
저 깊은 곳으로부터 진정한 평온을 되찾은 것처럼
행동할 수 있게 전력을 다하자.
그러면 습관처럼 그런 날이 오리라.
그 평온이 빠르게 현실이 되는 것이다.
마술처럼.

19

세 사람에게 마음속으로 혀를 내밀기.

20

북쪽에 머리를 두고서 수면을 취할 것.
여러 연구가 입증하기를,
그렇게 하면
동맥압이 낮아지고 숙면에 도움이 된다나.

21

필름을 전속력으로 돌리기.
인생이 단시일 안에 내게 줄 수 있는
세 가지 좋은 것들을 찾으라.
그리하여 이 다가올 행복의 단면들을 일찍이 음미할 것.

22

그저 내가 할 수 있는 최선을 다하여 보는 거다.
그것만으로도 이미 대단한 것.

23

나날의 출발을
마치 오늘 처음으로 나의 인생이 시작된 것처럼 할 것.

24

3분 동안 가능한 한 아주 느리게 숨을 들이쉬도록
노력해 보라.
필요량보다 약간 적은 양의 공기만을.

25

매일 아침
단호히 자리를 박차고 일어나자.

26

더욱 자주 이렇게 말해 버릇하라.
"그건 대단한 일이 아니야."

27

침묵할 것.
서로 말없이 있을 때,
그때가 가장 사이좋다는 말도 있잖은가.

28

포기하자.
언제나 나는 옳아야 하고,
매번 이겨야 할 이유는 그 어디에도 없다.

29

손목시계는 까맣게 잊어버리는 거다.
한나절쯤 그렇게 시간을 망각한 채 있어 보라.

30

나의 집, 나의 머릿속, 나의 세계를
제멋대로 침범하는 세 가지 불청객을 찾기.
그리고 깡그리 없애버리기.

31

새처럼 해보라.
미셸 푸갱이 말하였던가.
"새들은 맑은 공기와 맑은 물에서 산다……."

32

산만해지지도 방해받지도 않을 수 있는 그런 방에
홀로 들어가 고요히 앉아 있어 보라.

그리고 집중.
턱근육과 얼굴, 목덜미며 목의 긴장을 차례로 풀기.
다음에는 오른쪽 어깨와 왼쪽 어깨, 가슴, 배, 골반, 등.
오른쪽 넓적다리, 왼쪽. 왼쪽 다리, 오른쪽.
오른쪽 발가락 하나씩. 그리고 왼쪽 발가락으로 옮아가서
차례로 긴장을 풀기.

그러면 온몸이 땅속으로 꺼져드는 듯하면서
납처럼 무거워지는 느낌을 받게 될 것.

그때 솜털 같은 두터운 구름이 발 아래서 천천히 다가와서는
그것을 감싸 사라지게 할 것이다.

구름이 천천히 올라온다. 느리게.

그것은 점차로 몸을 감싸고, 이윽고 몸이 사라져 간다.
떠나라. 떠나가도록 놓아두라.

33

모든 일들이 언제나 뜻하는 바대로 이루어지지는 않음을
인정하자.
일단 지난 일은 더 이상 생각지 말기.
그리고 평온을 되찾을 것.

34

마음속으로
바닷소리와 파도 소리,
새소리, 그리고 바람 소리를 들어 본다.

35

소용에 닿지 않는 것들일랑은 죄다 치우는
대청소를 해보자.
그 원래의 공간을 확보할수록 평온하고,
또한 효과적일 것이다.

36

…비워 내는 청소를 하자.

만일 사소한 것들이 쌓여 가도록 방치한다면,

결국 그것들이 그만큼 중요한 자리를 차지하고 말 것이다.

37

최대한으로 재활용할 수 있는

세 가지 방법 찾기.

그리고 환경에 온화히 대할 것.

분리 수거를 할 것.

지구는 너무나도 나약하기에.

38

하루 24시간

움직임은 적게,

정신적으로는 많은 것을 간직할 수 있도록

온 힘을 기울이자.

39

박하 에센스 오일 한 방울을
잠들기 바로 직전
베갯잇에 살짝 떨어뜨리기.

40

가까운 이들로 하여금 한껏 신뢰를 가지고
말할 수 있도록 노력하라.

41

상대화시키고, 상황에서 비극성을 제거하기.
긴장감이 점점 차오르는 것을 느낄 때,
스스로에게 자문해 보라.
"이것이 정말 그토록 중요한 일인가?"

42

…중요한 것은 힘든 상황 자체가 아니라
내가 그 일에 부여하는 의미이다.
풍선의 바람을 빼도록.

43

"평화, 온화, 조화, 사랑,
행복, 건강, 평온."
이것들을 세 번 되풀이해서 적어 볼 것.
마치 머릿속에 이 목표들을 새겨두는 것처럼.
그러면 잠재의식은 저도 모르는 사이에
이것들이 현실 속에서 달성될 수 있는 방법을
찾아나설 것이다.

44

…같은 방법으로 자기 자신에게 영감을 줄 수 있는
세 가지 다른 이미지-단어나 인용구를 찾아볼 것.
그리고 그것들을 머릿속에 새겨두기.

45

이제 더 이상 읽지 않을
신문들이며 책들·서류들은 치울 것.
재활용하든가 누군가에게 주든가 해서.

46

떠다니는 온갖 기회들을
절대로 그냥 흘려보내지 말 것.
압축공기 매트리스며 고무보트 등등.
그것들에 올라 물 위를 떠다녀 보라.
물길의 흐름에 몸을 맡겨 보라.

47

두 시간마다 휴식을 취하기.
아주 짧은 휴식이라도 상관없다.
자신의 시간을 제어할 수 있는
충전 시간이 필요한 법.

48

손으로 걷는 방법을 배워 볼 것.

49

스스로에게 아무것도 묻지 말고,
'지나치면서' 시리즈의
홀마크 카드 30장을 사보라.
왜 사야 하는지 고민하지도 말고.

50

소중한 이들에게
석 줄의 애정어린 글과 함께
그 카드들을 보내어 보라.
효과는 절대 보장.

51

향기나는 차를 우려내기.
시계꽃, 박하, 전동싸리, 산사나무, 보리수나무,
카밀레, 개양귀비, 멜리사, 라벤더.
자주 해볼 것.

52

내가 가지고 있는 우선권들의 수를 줄이자.
그리고 가벼워지자.
벗어나는 거다.
해방.

53

바캉스 계획을 세웠다.
거창하게.
카탈로그며 가이드북, 우편엽서, 달력 등등을 이용하여.

54

때로는 무료한 시간들도 내 안에 받아들인다.
죽어 있는 것 같은 그런 시간들이
빈번히 인생에서 가장 충만한 삶을 부여하지 않던가.

55

하루에 세 번은 복식 호흡을.
천천히, 깊게.
심장이 보다 부드럽게 뛰기 시작할 터.
게다가 긴장을 푸는 데는 아주 그만.

56

…몸의 움직임을 제한할 것.
부동성은 신경의 이완을 돕는다.

57

…생각을 진정시키자.
침묵은 심오한 평온을 가져온다.

58

손을 많이 사용하기.
자잘한 수리를 한다든가,
정원일이며 요리, 도예, 목공, 수놓기,
수채화 그리기 등을 시도해 보라.
우리가 손으로 무언가를 할 때에는
발을 땅에 두고 있다.
머리는 구름 속에 두고.

59

만일 지금의 삶을 사랑하지 않는다면,
그대는
그 삶을 바꿀 용기를 가질 일이다.

60

그 능력의 60% 이상을 초과하지 않도록
하루 24시간 노력을 아끼지 말 것.
모든 분야에서.

61

천천히 차를 몰며,
제한 속도를 준수할 것.

62

침묵과 고독 속에서
평안히 머물 수 있는 법을 익히자.
그것이야말로 사물의 본질에 이를 수 있는
가장 짧은 길.
자기 자신의 정면에서.

63

희망적으로 밝게,
낙천적으로 살아가기.

64

에센스 오일, 라벤더 오일, 오렌지 오일,
해초 오일, 바닷소금, 마사지 오일.
독특한 향의 이 여섯 가지 향초를 샀다.
무작정.

65

…보르도산 포도주 한 잔,
해초며 소금 · 오일을 넣은 욕조,
그 곁에 켜져 있는 향초…….
효과 만점.

66

머릿속으로 맛보기.
포도, 구스베리 열매, 파인애플, 캐러멜 한 개.

67

겉모양에 지나치게 쏠리지 말자.
그 문 하나가 닫히면,
뒤로 또 다른 문 하나가 열리는 것.
이를테면 창문 같은.
그러니 그것을 찾으라.

68

"내일은 또 무슨 일이 있으려나?"
자문하기를 그치자.
오늘을 살 일이다.
흐르고 있는 지금 이 순간을.
영원한 현재 속에서.

69

침묵과,
완전한 어둠과,
섭씨 19도의 실내에서
수면을 취하는 법을 배우기.
비단 이불과 딱딱한 매트리스를 사용하는 것도 좋을 듯.

70

잠들기 전에 바이오리듬을 늦추고,
평온히 잘 수 있는 단조로운 습관을 들이기.
예를 들면 짧은 산책, 한 잔의 우유,
문과 창문들이 잘 잠겼는지 점검하는 일,
침대 정돈 등.

71

오븐에
그라니 스미스 사과(껍질은 벗기지만 씨는 그대로 둔다)를
깔고,
그 위에 블루치즈를 얹어 구워 보라.

72

그 능력이나 성공에 대하여 말할 때에는
20%로 줄여서 말하거나,
아예 말하지 말 것.

73

추시계를 멀리하도록.
추의 움직임을 마주하고 있노라면,
시간이 더욱 빠르게 흐르는 듯 느껴져서
쓸데없이 스트레스를 받기도 하니까.

74

만약 매일 한 시간씩 시간이 더 주어진다면,
이제까지 시도해 보고 싶었던 멋진 계획이나
한번도 해보지 않은 활동을 찾아보라.

75

…수개월 전부터 머릿속을 떠나지 않던
몇 가지 생각들을 찾아보았다.

76

연사흘 동안 텔레비전을 시청하지 않기.
그리고 그것을 반복하기.
한번, 또 한번, 다시 한번.

77

…대신에 머릿속을 떠나지 않던 일들을 실현하기.

78

생각들과 상상력을
자유로이 펼칠 수 있는 법 익히기.
이 꽃에서 저 꽃으로 날아드는 벌들처럼.
이 나무에서 저 나무로 쉴새없이 넘나드는 다람쥐들처럼.
물론 특별한 논리 없이도.
그냥 그렇게 자유로이.

79

얼굴에 팩을 한 채
15분 동안 가만히 있기.

80

운동 경기를 할 때에는
다만 최선을 다하면 그뿐.
높은 성적을 올리려거나, 신기록에 도전하거나,
상대를 이기려 들지 마라.

81

엿기름으로 만든 조청 맛을 보기.

82

3분 동안 온 힘을 다하여
호흡에 집중할 것.
그 소리며 리듬, 그 느낌들에.
그리고 날숨을 헤아리기.

83

작은 시골 마을에 이르러
잠시 발걸음을 멈추어라.
훈훈한 시골 인심과
평온한 분위기에 한껏 젖어 보는 거다.

84

아이와 한나절쯤 함께 지낼 것.
그러면서 아이의 눈으로 삶을 바라보기.

85

활동 공간과 휴식 공간을 분리하자.
특히나 침실.
오로지 수면과 '사랑을 나누는 곳' 으로만 이용하기.

86

좋은 취미는
그 사람의 품격과 취향에서 비롯된다.
집 안의 장식이나 가구 등에 지나치게 인색하지 마라.
절약은 다른 것에서.

87

타인의 말들을 대신 끝맺으려 들지 말기.
조용히 들을 것.
끝까지.
도중에 말을 끊어서도 안 된다.

88

세상으로부터 고립되어 있기.
한 사흘쯤.
뉴스며, 라디오·신문 등을 멀리할 것.
그리하여 그것들에서 벗어나기.

89

…대신에 직접적으로 제어할 수 있고,
영향을 미칠 수 있으며,
또 아름답게 할 수 있는 것들에 집중하기.
여태껏 등한히 하였던 것들에.

90

잠든 연인의 모습을 한참 바라다보라.
그리하여 그 부드럽고 평온하기 그지없는 이미지를
마음속에 또렷이 기억하여 두기.

91

아무것도 하지 마라.
점차로 그 이미지의 양을 늘리는 것 이외에는.

92

열자.
세상을 향해 나를 열어 놓는 거다.
눈을 열고,
정신을, 마음의 문을 열어라.
타인들에게도 기꺼이.

93

불로뉴-빌랑쿠르의,
알베르 칸의 정원에 다녀오라.
선(禪).
잊을 수 없는 경험이 될 것이다.

94

평상시 어휘의 반만큼만 사용하면서
하루 24시간을 지내어 보기.

95

스포츠 클럽에서 제공하는
일일 자유이용권을 사용해 보자.
특별히 온화하면서도 이국적인 종목을 배워 보기.

96

짧은 단절, 짧은 휴식을 누리자.
잠시 일을 멈추고서 긴장을 풀어라.
항복하는 거다.
포기하는 거다.
스스로를 잠시 포기하는 거다.
마치 이 세상에 중요한 것이란 아무것도 없는 것처럼.
때로는 포기가 풍요를 부른다.

97

삶의 좋은 면만을 바라보고자 하는
평온한 이들과 어울리도록.
그리고 또 하나,
나를 웃길 줄 아는 이들을 소중히 여기자.

98

걱정거리의 98%는
실제로 일어날 일들도 아니고,
또 언젠가는 증발해 버릴 것들에 지나지 않는다.
그러므로 어리석게도 걱정거리 속에 자신을 내던지는 일은
이제 그만두자.

99

15분 먼저 잠자리에 드는 습관을 들이기.
자신의 리듬을 제어한다는 인상을 받게 될 테고,
또한 좀더 쉽게 잠들 수가 있을 테니까.

100

정신의 평온과 질서를 축하하기.
채널을 바꾸지 말기.

101

마음속으로
따뜻한 모래와 진흙, 곰인형,
그리고 연인의 배를 만져 본다.

102

화랑이나 전시회·기념관 등을 자주 찾자.
아름다움은 전염성이 매우 강하니.

103

적게 소비하고, 오래도록 살기.

104

따뜻한,
파스텔풍의 부드러운 색상으로 주위를 꾸미기.

105

2분 동안 나비가 되었다고 상상해 보았다.
어느 여름날, 꽃으로 가득한 벌판에서
취할 듯한 향기에 둘러싸여
달콤한 꿀과 꽃가루로 배를 채우고,
햇살에 그 날개를 반짝이는……
아무 걱정 없이, 가볍게, 훨훨 날아다니는 나비를.

106

거대한 퍼즐 맞추기를 시작하기.

107

집을 완충적 기지로 삼을 것.
사생활과 직업 사이의 갑문처럼.

108

어떤 선물을 해야 할지
망설여질 때에는
책 한 권을 사서 다정한 헌사와 함께 선사하기.

109

긴장이 완화된, 멋지고 눈부신
자신의 모습을 그려 보라.
신경총을 가로질러 내면으로부터 미소가 번질 것이다.
그 기쁨을 한껏 누려라.

110

적어도 하루에 한번은 명상하는 법을 배우기.

111

더운 물로 샤워하기.
물의 온도를 점차로 높여 가면서.

112

만 하루 동안 채식하기.

113

졸음이 몰려 온다고 느낄 때,
곧장 잠자리에 들자.
그 순간이 지나고 나면,
다음 졸음 기차가 올 때까지 속절없이 기다려야 할 테니.
한 시간이나 두 시간, 아니
언제쯤일는지는 아무도 모른다.

114

잠든 새끼고양이를 관찰하기.
그리고 이 축복의 화신으로부터 영감을 받아들일 것.

115

완벽주의를 경계하자.
"너무 맑은 물에서는 물고기가 노닐지 않는다."(도가의 격언)

116

영적인 자명종 사용법을 익히기.
상쾌하고 가뿐한 컨디션으로 일어나기를 원하는 시각의
시곗바늘을 머릿속에 새겨둘 것.
그런 뒤에는 잠재의식이 알아서 하도록 내버려두자.

117

하루 24시간,
햇살이 비껴 들어오는 쪽만을 바라보려 노력할 것.
습관이 들면서
그늘은 우리를 잊어버릴 것이다.

118

따뜻한 물 한 잔에
오렌지꽃(가능하면 레바논산) 약간을 넣고 우려서
잠자리에 들기 전에 마셔 보라.

119

눈을 감고서 평화로운 장소들을 떠올릴 것.
그리고 머릿속에서 그곳들을 방문하기.
때로 머물러 보기도 하면서.
이리저리 기웃거리며 거닐기.
이렇게 그 순간을 즐길 것.

120

충분한 수면을 취하기.

121

목소리의 톤을 절대로 높이지 않는 법을 익히기.

122

생강 요법을 실시할 것.
생강절임이나 생강차 같은 것으로.

123

우리에게는 약할 권리가 있음을 잊지 말자.
그러니 힘에 부칠 때에는 굴복하라.
그래서 자신을 해방시켜라.

124

물구나무서기를 해보자.
두뇌에 혈액을 충분히 공급해 주며,
다른 것을 생각하기에 아주 이상적이다.

125

잠들기 직전엔 아름다운 것들만 생각하기.
그리하여 아름다운 꿈을 꾸라.
또한 아기처럼 자보라.
그 무엇도 중요하지 않는 것처럼.

126

5분 내에
예전에 느꼈던 행복한 일들 가운데 하나를 찾아보자.
이제 그 일을 다시 한번 해보는 거다.

127

방금 깎은 잔디, 태양, 꽃이 만발한 사과나무,
연인이 뿌리는 향수,
이 모든 향긋한 내음들을 훅 들이마시기.

128

하는 일들에 집중하자.
집중하고 있으면,
시간과 스트레스는 훌쩍 날아가 버리는 법.

129

1리터의 끓는 물에
마른 쥐오줌풀 두 줌을 넣어 우려낼 것.
그리고 욕조에 그 물을 붓기.
잠들기 전에.

130

영원한 것은 아무것도 없다.
변화는 피할 수 없는 것.
그러므로 변화를 반갑게, 평온하게 받아들이기.

131

…변화를 사랑하고,
기다릴 줄 알며,
또한 소망을 품는 법을 배우라.

132

자기 자신에게 인내력을 발휘하자.
관대하고, 도량 또한 넓어야 할 것이다.
더할 나위 없이.

133

지나치게 분석하려 들지 마라.
그보다는 내면의 목소리에 귀를 기울이고,
그 소리를 신뢰할 일이다.

134

무더운 여름날에는 해먹을 설치하기.
그야말로 지상낙원.

135

거울이 놀랄 만큼
하룻밤을 위해, 아니면 영원히
그 스타일을 바꾸어 보자.
감히 도전해 보는 거다.
독창적이고, 당돌하고, 개성적인 스타일로.

136

육체적인 노동을 시작하기 30분 전에
한 잔의 토마토 주스를 마셔라.
피곤을 이길 수 있게 함은 물론 에너지까지 얻을 수 있다.

137

식물 표본을 수집하기.

138

의사들과의 약속에서는 8분쯤 일찍 도착할 것.
대기실의 고요한 침묵 속에서
홀로 긴장을 푸는 기쁨이 있다.

139

밀가루와 소금과 물을
2 : 1 : 2분지 1의 비율로 섞을 것.
이 반죽으로 무언가를 만들어
160도에서 20분 동안 익힌 다음 색칠하기.

140

바다 공기를 폐부 깊숙이 들이마셔라.
눈을 감고서 얼굴을 간지르는 바람도 느껴 보라.
그런 뒤 이런 느낌들을 기억 속에 간직해 두기.

141

분노를 품은 채 잠자리에 들지 마라.
그 전에 해소할 방법을 찾을 것.

142

한 곡조의 부드러운 음악을 마음속으로 늘 듣기.

143

…머릿속으로 흰 벽을 바라보라.
그리고는 초록색, 노랑색, 주황색, 빨간색으로 칠하여 볼 것.

144

…연습하기.
스테레오 음향에 총천연색 꿈을 꾸기.

145

만일 어떤 상황을 바꿀 수가 없다면,
상황에 맞게 그 태도를 바꾸어라.

146

눈을 감고서,
눈앞에 가로세로 30센티의 화면을 상상해 보라.
10부터 0까지 차례로 세어 보도록.
숫자가 하나씩 내려올 때마다
한 계단씩 내려온다고 상상할 것.
끝없이 더욱더 깊어지는 긴장 완화를 향해서.
0에 다다를 때에는 절대적인 평온이 찾아올 것.

147

고추나물로 우려낸 차 요법을 실시하기.

148

손질하고, 수리하고, 정원일을 할 것.
벽을 새로이 칠하든가,
아니면 기계를 점검해도 좋다.
원하는 모든 것을 하라.
여기저기서.
몸을 더럽히도록.

149

타인에게 필요한 사람이 되는 법을 찾아보기.
그리하여 자신의 삶에 의미를 부여할 것.

150

수도원을 방문하기.

151

최고의 아이디어와 직관은
에너지를 줄일 때 나온다.
에너지를 줄이라.
속도를 늦추라.
한번, 또 한번, 다시 한번.

152

잠자리에서 일어날 무렵,
하루가 이상적으로 펼쳐지는 이미지를 가시화시켜라.
이 길잡이가 무의식적으로 하루를 안내해 나갈 것이다.

153

사용하지 않는 물건들은 치워 버리자.
알지 못하는 사이에
우리의 공간뿐만 아니라 머리까지 점령해 버릴 테니.

154

··· '유용' 하게 버릴 수 있는 방법을 찾아보자.
재활용하기. 거저 주기. 팔기.

155

수족관을 작동시키기.

156

긴장이 완화된,
평온한 상태에 이르렀던 때를 다시금 살아 보라.
긴장을 푸는 데 더없이 이상적일 것.

157

해야 할 것들에 약간의 순서를 정하여 두기.
난장판은 쓸데없는 스트레스를 가져오기에.
시작하기도 전에 혼돈 속으로 들어가는 것은
아무래도 금물.

158

하루 24시간
가급적이면 덜 추론하도록 노력하기.
그보다는 더 느끼도록 노력할 일.

159

좀더 자주 이렇게 말할 것.
"나중에 봐요."
그리고는 잊어버리기.

160

햇빛을 만끽하기.
그러면서 긴장을 풀 것.

161

직관을 따를 것.
그것은 인생의 경험으로부터 나온다.
가슴으로부터.
여하튼 자신 속에 있는 최고의 것이 아닐까.

서민원

성신여대 불문과 졸업
한국외국어대 불어과 석사
한국외국어대 불어과 박사과정 수료
프랑스 프랑슈콩테대학 **DEA**과정 수료
역서: 《여성의 상태》《공포의 권력》《욕망에 대하여》《미친 진실》
《의학적 추론》《보건 유토피아》《이젠 다시 유혹하지 않으련다》
《문학은 무슨 생각을 하는가?》《세르》《세미오티케》

⚜

손가락 하나의 사랑

초판발행 : 2005년 10월 10일

東文選
제10-64호, 78. 12. 16 등록
110-300 서울 종로구 관훈동 74번지
전화 : 737-2795

ISBN 89-8038-824-1 04860
ISBN 89-8038-827-6(전3권)

【東文選 現代新書】

1 21세기를 위한 새로운 엘리트	FORESEEN 연구소 / 김경현	7,000원
2 의지, 의무, 자유 ─ 주제별 논술	L. 밀러 / 이대희	6,000원
3 사유의 패배	A. 핑켈크로트 / 주태환	7,000원
4 문학이론	J. 컬러 / 이은경 · 임옥희	7,000원
5 불교란 무엇인가	D. 키언 / 고길환	6,000원
6 유대교란 무엇인가	N. 솔로몬 / 최창모	6,000원
7 20세기 프랑스철학	E. 매슈스 / 김종갑	10,000원
8 강의에 대한 강의	P. 부르디외 / 현택수	6,000원
9 텔레비전에 대하여	P. 부르디외 / 현택수	10,000원
10 고고학이란 무엇인가	P. 반 / 박범수	8,000원
11 우리는 무엇을 아는가	T. 나겔 / 오영미	5,000원
12 에쁘롱 ─ 니체의 문체들	J. 데리다 / 김다은	7,000원
13 히스테리 사례분석	S. 프로이트 / 태혜숙	7,000원
14 사랑의 지혜	A. 핑켈크로트 / 권유현	6,000원
15 일반미학	R. 카이유와 / 이경자	6,000원
16 본다는 것의 의미	J. 버거 / 박범수	10,000원
17 일본영화사	M. 테시에 / 최은미	7,000원
18 청소년을 위한 철학교실	A. 자카르 / 장혜영	7,000원
19 미술사학 입문	M. 포인턴 / 박범수	8,000원
20 클래식	M. 비어드 · J. 헨더슨 / 박범수	6,000원
21 정치란 무엇인가	K. 미노그 / 이정철	6,000원
22 이미지의 폭력	O. 몽젱 / 이은민	8,000원
23 청소년을 위한 경제학교실	J. C. 드루엥 / 조은미	6,000원
24 순진함의 유혹 〔메디시스賞 수상작〕 P. 브뤼크네르 / 김웅권		9,000원
25 청소년을 위한 이야기 경제학	A. 푸르상 / 이은민	8,000원
26 부르디외 사회학 입문	P. 보네위츠 / 문경자	7,000원
27 돈은 하늘에서 떨어지지 않는다	K. 아른트 / 유영미	6,000원
28 상상력의 세계사	R. 보이아 / 김웅권	9,000원
29 지식을 교환하는 새로운 기술	A. 벵토릴라 外 / 김혜경	6,000원
30 니체 읽기	R. 비어즈워스 / 김웅권	6,000원
31 노동, 교환, 기술 ─ 주제별 논술	B. 데코사 / 신은영	6,000원
32 미국만들기	R. 로티 / 임옥희	10,000원
33 연극의 이해	A. 쿠프리 / 장혜영	8,000원
34 라틴문학의 이해	J. 가야르 / 김교신	8,000원
35 여성적 가치의 선택	FORESEEN연구소 / 문신원	7,000원
36 동양과 서양 사이	L. 이리가라이 / 이은민	7,000원
37 영화와 문학	R. 리처드슨 / 이형식	8,000원
38 분류하기의 유혹 ─ 생각하기와 조직하기 G. 비뇨 / 임기대		7,000원
39 사실주의 문학의 이해	G. 라루 / 조성애	8,000원
40 윤리학 ─ 악에 대한 의식에 관하여 A. 바디우 / 이종영		7,000원
41 흙과 재 〔소설〕	A. 라히미 / 김주경	6,000원

42 진보의 미래	D. 르쿠르 / 김영선	6,000원
43 중세에 살기	J. 르 고프 外 / 최애리	8,000원
44 쾌락의 횡포·상	J. C. 기유보 / 김웅권	10,000원
45 쾌락의 횡포·하	J. C. 기유보 / 김웅권	10,000원
46 운디네와 지식의 불	B. 데스파냐 / 김웅권	8,000원
47 이성의 한가운데에서 — 이성과 신앙	A. 퀴노 / 최은영	6,000원
48 도덕적 명령	FORESEEN 연구소 / 우강택	6,000원
49 망각의 형태	M. 오제 / 김수경	6,000원
50 느리게 산다는 것의 의미·1	P. 쌍소 / 김주경	7,000원
51 나만의 자유를 찾아서	C. 토마스 / 문신원	6,000원
52 음악적 삶의 의미	M. 존스 / 송인영	근간
53 나의 철학 유언	J. 기통 / 권유현	8,000원
54 타르튀프 / 서민귀족 〔희곡〕	몰리에르 / 덕성여대극예술비교연구회	8,000원
55 판타지 공장	A. 플라워즈 / 박범수	10,000원
56 홍수·상 〔완역판〕	J. M. G. 르 클레지오 / 신미경	8,000원
57 홍수·하 〔완역판〕	J. M. G. 르 클레지오 / 신미경	8,000원
58 일신교 — 성경과 철학자들	E. 오르티그 / 전광호	6,000원
59 프랑스 시의 이해	A. 바이양 / 김다은·이혜지	8,000원
60 종교철학	J. P. 힉 / 김희수	10,000원
61 고요함의 폭력	V. 포레스테 / 박은영	8,000원
62 고대 그리스의 시민	C. 모세 / 김덕희	7,000원
63 미학개론 — 예술철학입문	A. 셰퍼드 / 유호전	10,000원
64 논증 — 담화에서 사고까지	G. 비뇨 / 임기대	6,000원
65 역사 — 성찰된 시간	F. 도스 / 김미겸	7,000원
66 비교문학개요	F. 클로동·K. 아다-보트링 / 김정란	8,000원
67 남성지배	P. 부르디외 / 김용숙	개정판 10,000원
68 호모사피언스에서 인터렉티브인간으로	FORESEEN 연구소 / 공나리	8,000원
69 상투어 — 언어·담론·사회	R. 아모시·A. H. 피에로 / 조성애	9,000원
70 우주론이란 무엇인가	P. 코올즈 / 송형석	8,000원
71 푸코 읽기	P. 빌루에 / 나길래	8,000원
72 문학논술	J. 파프·D. 로쉬 / 권종분	8,000원
73 한국전통예술개론	沈雨晟	10,000원
74 시학 — 문학 형식 일반론 입문	D. 퐁텐 / 이용주	8,000원
75 진리의 길	A. 보다르 / 김승철·최정아	9,000원
76 동물성 — 인간의 위상에 관하여	D. 르스텔 / 김승철	6,000원
77 랑가쥬 이론 서설	L. 옐름슬레우 / 김용숙·김혜련	10,000원
78 잔혹성의 미학	F. 토넬리 / 박형섭	9,000원
79 문학 텍스트의 정신분석	M. J. 벨멩-노엘 / 심재중·최애영	9,000원
80 무관심의 절정	J. 보드리야르 / 이은민	8,000원
81 영원한 황홀	P. 브뤼크네르 / 김웅권	9,000원
82 노동의 종말에 반하여	D. 슈나페르 / 김교신	6,000원
83 프랑스영화사	J. -P. 장콜라 / 김혜련	8,000원

13	연극의 역사	P. 하트놀 / 沈雨晟	절판
14	詩 論	朱光潛 / 鄭相泓	22,000원
15	탄트라	A. 무케르지 / 金龜山	16,000원
16	조선민족무용기본	최승희	15,000원
17	몽고문화사	D. 마이달 / 金龜山	8,000원
18	신화 미술 제사	張光直 / 李 徹	절판
19	아시아 무용의 인류학	宮尾慈良 / 沈雨晟	20,000원
20	아시아 민족음악순례	藤井知昭 / 沈雨晟	5,000원
21	華夏美學	李澤厚 / 權 瑚	20,000원
22	道	張立文 / 權 瑚	18,000원
23	朝鮮의 占卜과 豫言	村山智順 / 金禧慶	28,000원
24	원시미술	L. 아담 / 金仁煥	16,000원
25	朝鮮民俗誌	秋葉隆 / 沈雨晟	12,000원
26	神話의 이미지	J. 캠벨 / 扈承喜	근간
27	原始佛敎	中村元 / 鄭泰爀	8,000원
28	朝鮮女俗考	李能和 / 金尙憶	24,000원
29	朝鮮解語花史(조선기생사)	李能和 / 李在崑	25,000원
30	조선창극사	鄭魯湜	17,000원
31	동양회화미학	崔炳植	18,000원
32	性과 결혼의 민족학	和田正平 / 沈雨晟	9,000원
33	農漁俗談辭典	宋在璇	12,000원
34	朝鮮의 鬼神	村山智順 / 金禧慶	12,000원
35	道敎와 中國文化	葛兆光 / 沈揆昊	15,000원
36	禪宗과 中國文化	葛兆光 / 鄭相泓·任炳權	8,000원
37	오페라의 역사	L. 오레이 / 류연희	절판
38	인도종교미술	A. 무케르지 / 崔炳植	14,000원
39	힌두교의 그림언어	안넬리제 外 / 全在星	9,000원
40	중국고대사회	許進雄 / 洪 熹	30,000원
41	중국문화개론	李宗桂 / 李宰碩	23,000원
42	龍鳳文化源流	王大有 / 林東錫	25,000원
43	甲骨學通論	王宇信 / 李宰碩	40,000원
44	朝鮮巫俗考	李能和 / 李在崑	20,000원
45	미술과 페미니즘	N. 부루드 外 / 扈承喜	9,000원
46	아프리카미술	P. 윌레뜨 / 崔炳植	절판
47	美의 歷程	李澤厚 / 尹壽榮	28,000원
48	曼茶羅의 神들	立川武藏 / 金龜山	19,000원
49	朝鮮歲時記	洪錫謨 外/李錫浩	30,000원
50	하 상	蘇曉康 外 / 洪 熹	절판
51	武藝圖譜通志 實技解題	正 祖 / 沈雨晟·金光錫	15,000원
52	古文字學첫걸음	李學勤 / 河永三	14,000원
53	體育美學	胡小明 / 閔永淑	18,000원
54	아시아 美術의 再發見	崔炳植	9,000원

55 曆과 占의 科學	永田久 / 沈雨晟	8,000원
56 中國小學史	胡奇光 / 李宰碩	20,000원
57 中國甲骨學史	吳浩坤 外 / 梁東淑	35,000원
58 꿈의 철학	劉文英 / 河永三	22,000원
59 女神들의 인도	立川武藏 / 金龜山	19,000원
60 性의 역사	J. L. 플랑드렝 / 편집부	18,000원
61 쉬르섹슈얼리티	W. 챠드윅 / 편집부	10,000원
62 여성속담사전	宋在璇	18,000원
63 박재서희곡선	朴栽緒	10,000원
64 東北民族源流	孫進己 / 林東錫	13,000원
65 朝鮮巫俗의 研究(상·하)	赤松智城·秋葉隆 / 沈雨晟	28,000원
66 中國文學 속의 孤獨感	斯波六郎 / 尹壽榮	8,000원
67 한국사회주의 연극운동사	李康列	8,000원
68 스포츠인류학	K. 블랑챠드 外 / 박기동 外	12,000원
69 리조복식도감	리팔찬	20,000원
70 娼 婦	A. 꼬르뱅 / 李宗旼	22,000원
71 조선민요연구	高晶玉	30,000원
72 楚文化史	張正明 / 南宗鎭	26,000원
73 시간, 욕망, 그리고 공포	A. 코르뱅 / 변기찬	18,000원
74 本國劍	金光錫	40,000원
75 노트와 반노트	E. 이오네스코 / 박형섭	20,000원
76 朝鮮美術史研究	尹喜淳	7,000원
77 拳法要訣	金光錫	30,000원
78 艸衣選集	艸衣意恂 / 林鍾旭	20,000원
79 漢語音韻學講義	董少文 / 林東錫	10,000원
80 이오네스코 연극미학	C. 위베르 / 박형섭	9,000원
81 중국문자훈고학사전	全廣鎭 편역	23,000원
82 상말속담사전	宋在璇	10,000원
83 書法論叢	沈尹默 / 郭魯鳳	16,000원
84 침실의 문화사	P. 디비 / 편집부	9,000원
85 禮의 精神	柳肅 / 洪熹	20,000원
86 조선공예개관	沈雨晟 편역	30,000원
87 性愛의 社會史	J. 솔레 / 李宗旼	18,000원
88 러시아미술사	A. I. 조토프 / 이건수	22,000원
89 中國書藝論文選	郭魯鳳 選譯	25,000원
90 朝鮮美術史	關野貞 / 沈雨晟	30,000원
91 美術版 탄트라	P. 로슨 / 편집부	8,000원
92 군달리니	A. 무케르지 / 편집부	9,000원
93 카마수트라	바짜야나 / 鄭泰爀	18,000원
94 중국언어학총론	J. 노먼 / 全廣鎭	28,000원
95 運氣學說	任應秋 / 李宰碩	15,000원
96 동물속담사전	宋在璇	20,000원

97 자본주의의 아비투스	P. 부르디외 / 최종철	10,000원
98 宗敎學入門	F. 막스 뮐러 / 金龜山	10,000원
99 변 화	P. 바츨라빅크 外 / 박인철	10,000원
100 우리나라 민속놀이	沈雨晟	15,000원
101 歌訣(중국역대명언경구집)	李宰碩 편역	20,000원
102 아니마와 아니무스	A. 융 / 박해순	8,000원
103 나, 너, 우리	L. 이리가라이 / 박정오	12,000원
104 베케트연극론	M. 푸크레 / 박형섭	8,000원
105 포르노그래피	A. 드워킨 / 유혜련	12,000원
106 셸 링	M. 하이데거 / 최상욱	12,000원
107 프랑수아 비용	宋 勉	18,000원
108 중국서예 80제	郭魯鳳 편역	16,000원
109 性과 미디어	W. B. 키 / 박해순	12,000원
110 中國正史朝鮮列國傳(전2권)	金聲九 편역	120,000원
111 질병의 기원	T. 매큐언 / 서 일 · 박종연	12,000원
112 과학과 젠더	E. F. 켈러 / 민경숙 · 이현주	10,000원
113 물질문명 · 경제 · 자본주의	F. 브로델 / 이문숙 外	절판
114 이탈리아인 태고의 지혜	G. 비코 / 李源斗	8,000원
115 中國武俠史	陳 山 / 姜鳳求	18,000원
116 공포의 권력	J. 크리스테바 / 서민원	23,000원
117 주색잡기속담사전	宋在璇	15,000원
118 죽음 앞에 선 인간(상 · 하)	P. 아리에스 / 劉仙子	각권 8,000원
119 철학에 대하여	L. 알튀세르 / 서관모 · 백승욱	12,000원
120 다른 곳	J. 데리다 / 김다은 · 이혜지	10,000원
121 문학비평방법론	D. 베르제 外 / 민혜숙	12,000원
122 자기의 테크놀로지	M. 푸코 / 이희원	16,000원
123 새로운 학문	G. 비코 / 李源斗	22,000원
124 천재와 광기	P. 브르노 / 김웅권	13,000원
125 중국은사문화	馬 華 · 陳正宏 / 강경범 · 천현경	12,000원
126 푸코와 페미니즘	C. 라마자노글루 外 / 최 영 外	16,000원
127 역사주의	P. 해밀턴 / 임옥희	12,000원
128 中國書藝美學	宋 民 / 郭魯鳳	16,000원
129 죽음의 역사	P. 아리에스 / 이종민	18,000원
130 돈속담사전	宋在璇 편	15,000원
131 동양극장과 연극인들	김영무	15,000원
132 生育神과 性巫術	宋兆麟 / 洪 熹	20,000원
133 미학의 핵심	M. M. 이턴 / 유호전	20,000원
134 전사와 농민	J. 뒤비 / 최생열	18,000원
135 여성의 상태	N. 에니크 / 서민원	22,000원
136 중세의 지식인들	J. 르 고프 / 최애리	18,000원
137 구조주의의 역사(전4권)	F. 도스 / 김웅권 外 Ⅰ · Ⅱ · Ⅳ 15,000원 / Ⅲ 18,000원	
138 글쓰기의 문제해결전략	L. 플라워 / 원진숙 · 황정현	20,000원

139	음식속담사전	宋在璇 편	16,000원
140	고전수필개론	權 瑚	16,000원
141	예술의 규칙	P. 부르디외 / 하태환	23,000원
142	"사회를 보호해야 한다"	M. 푸코 / 박정자	20,000원
143	페미니즘사전	L. 터틀 / 호승희 · 유혜련	26,000원
144	여성심벌사전	B. G. 워커 / 정소영	근간
145	모데르니테 모데르니테	H. 메쇼닉 / 김다은	20,000원
146	눈물의 역사	A. 벵상뷔포 / 이자경	18,000원
147	모더니티입문	H. 르페브르 / 이종민	24,000원
148	재생산	P. 부르디외 / 이상호	23,000원
149	종교철학의 핵심	W. J. 웨인라이트 / 김희수	18,000원
150	기호와 몽상	A. 시몽 / 박형섭	22,000원
151	융분석비평사전	A. 새뮤얼 外 / 민혜숙	16,000원
152	운보 김기창 예술론연구	최병식	14,000원
153	시적 언어의 혁명	J. 크리스테바 / 김인환	20,000원
154	예술의 위기	Y. 미쇼 / 하태환	15,000원
155	프랑스사회사	G. 뒤프 / 박 단	16,000원
156	중국문예심리학사	劉偉林 / 沈揆昊	30,000원
157	무지카 프라티카	M. 캐넌 / 김혜중	25,000원
158	불교산책	鄭泰爀	20,000원
159	인간과 죽음	E. 모랭 / 김명숙	23,000원
160	地中海	F. 브로델 / 李宗旼	근간
161	漢語文字學史	黃德實 · 陳秉新 / 河永三	24,000원
162	글쓰기와 차이	J. 데리다 / 남수인	28,000원
163	朝鮮神事誌	李能和 / 李在崑	근간
164	영국제국주의	S. C. 스미스 / 이태숙 · 김종원	16,000원
165	영화서술학	A. 고드로 · F. 조스트 / 송지연	17,000원
166	美學辭典	사사키 겡이치 / 민주식	22,000원
167	하나이지 않은 성	L. 이리가라이 / 이은민	18,000원
168	中國歷代書論	郭魯鳳 譯註	25,000원
169	요가수트라	鄭泰爀	15,000원
170	비정상인들	M. 푸코 / 박정자	25,000원
171	미친 진실	J. 크리스테바 外 / 서민원	25,000원
172	디스탱숑	P. 부르디외 / 이종민	근간
173	세계의 비참(전3권)	P. 부르디외 外 / 김주경	각권 26,000원
174	수묵의 사상과 역사	崔炳植	근간
175	파스칼적 명상	P. 부르디외 / 김웅권	22,000원
176	지방의 계몽주의	D. 로슈 / 주명철	30,000원
177	이혼의 역사	R. 필립스 / 박범수	25,000원
178	사랑의 단상	R. 바르트 / 김희영	20,000원
179	中國書藝理論體系	熊秉明 / 郭魯鳳	23,000원
180	미술시장과 경영	崔炳植	16,000원

■ 선종이야기	홍 회 편저	8,000원
■ 섬으로 흐르는 역사	김영회	10,000원
■ 세계사상		창간호~3호: 각권 10,000원 / 4호: 14,000원
■ 손가락 하나의 사랑 1, 2, 3	D. 글로슈 / 서민원	각권 7,500원
■ 십이속상도안집	편집부	8,000원
■ 얀 이야기 ① 얀과 카와카마스	마치다 준 / 김은진 · 한인숙	8,000원
■ 어린이 수묵화의 첫걸음(전6권)	趙 陽 / 편집부	각권 5,000원
■ 오늘 다 못다한 말은	이외수 편	7,000원
■ 오블라디 오블라다, 인생은 브래지어 위를 흐른다	무라카미 하루키 / 김난주	7,000원
■ 이젠 다시 유혹하지 않으련다	P. 쌍소 / 서민원	9,000원
■ 인생은 앞유리를 통해서 보라	B. 바게트 / 박해순	5,000원
■ 자기를 다스리는 지혜	한인숙 편저	10,000원
■ 천연기념물이 된 바보	최병식	7,800원
■ 原本 武藝圖譜通志	正祖 命撰	60,000원
■ 테오의 여행 (전5권)	C. 클레망 / 양영란	각권 6,000원
■ 한글 설원 (상 · 중 · 하)	임동석 옮김	각권 7,000원
■ 한글 안자춘추	임동석 옮김	8,000원
■ 한글 수신기 (상 · 하)	임동석 옮김	각권 8,000원

【만 화】

■ 동물학	C. 세르	14,000원
■ 블랙 유머와 흰 가운의 의료인들	C. 세르	14,000원
■ 비스 콩프리	C. 세르	14,000원
■ 세르(평전)	Y. 프레미옹 / 서민원	16,000원
■ 자가 수리공	C. 세르	14,000원
■ 못말리는 제임스	M. 톤라 / 이영주	12,000원
■ 레드와 로버	B. 바세트 / 이영주	12,000원

【동문선 주네스】

■ 고독하지 않은 홀로되기	P. 들레름 · M. 들레름 / 박정오	8,000원
■ 이젠 나도 느껴요!	이사벨 주니오 그림	14,000원
■ 이젠 나도 알아요!	도로테 드 몽프리드 그림	16,000원

【조병화 작품집】

■ 공존의 이유	제11시집	5,000원
■ 그리운 사람이 있다는 것은	제45시집	5,000원
■ 길	애송시모음집	10,000원
■ 개구리의 명상	제40시집	3,000원
■ 그리움	애송시화집	7,000원
■ 꿈	고희기념자선시집	10,000원
■ 넘을 수 없는 세월	제53시집	10,000원
■ 따뜻한 슬픔	제49시집	5,000원

■ 버리고 싶은 유산	제 1시집	3,000원
■ 사랑의 노숙	애송시집	4,000원
■ 사랑의 여백	애송시화집	5,000원
■ 사랑이 가기 전에	제 5시집	4,000원
■ 남은 세월의 이삭	제 52시집	6,000원
■ 시와 그림	애장본시화집	30,000원
■ 아내의 방	제44시집	4,000원
■ 잠 잃은 밤에	제39시집	3,400원
■ 패각의 침실	제 3시집	3,000원
■ 하루만의 위안	제 2시집	3,000원

【이외수 작품집】

■ 겨울나기	창작소설	7,000원
■ 그대에게 던지는 사랑의 그물	에세이	8,000원
■ 그리움도 화석이 된다	시화집	6,000원
■ 꿈꾸는 식물	장편소설	7,000원
■ 내 잠 속에 비 내리는데	에세이	7,000원
■ 들 개	장편소설	7,000원
■ 말더듬이의 겨울수첩	에스프리모음집	7,000원
■ 벽오금학도	장편소설	7,000원
■ 장수하늘소	창작소설	7,000원
■ 칼	장편소설	7,000원
■ 풀꽃 술잔 나비	서정시집	6,000원
■ 황금비늘 (1 · 2)	장편소설	각권 7,000원

東文選 現代新書 50

느리게 산다는 것의 의미 1, 2, 3

피에르 쌍소

김주경 옮김

"삶의 길을 가는 동안 나 자신을 잃어버리지 않을 수 있는 능력과 세상을 받아들일 수 있는 능력을 확고히 심어주는 책"

우리에게 다가오는 사건을 기쁘게 받아들일 수 있는 능력을 갖기 위해서 필요한 지혜가 있다. 그것은 갑자기 달려드는 시간에게 허를 찔리지 않고, 허둥지둥 시간에게 쫓겨다니지도 않겠다는 분명한 의지로 알 수 있는 지혜이다. 우리는 그 지혜를 '느림' 이라고 불렀다.

느림은 우리에게 시간에다 모든 기회를 부여하라고 속삭인다. 그리고 한가롭게 거닐고, 글을 쓰고, 타인의 말에 귀를 기울이고 휴식을 취함으로써 우리의 영혼이 숨쉴 수 있게 하라고 말한다. 여기서 문제되는 느림 또는 고요함은 세계에 접근하는 방식의 문제이다. 그것은 빠른 속도로 박자를 맞추지 못하는 무능력을 의미하는 것이 아니라 서두르지 않는 의지, 시간이 뒤죽박죽되도록 허용치 않는 의지, 그리고 사건들을 대하는 능력을 배양하는 것과 우리가 어느 길에 서 있는지 잊지 않는 것을 의미한다. 물론 과업은 시간성을 어긋나게 하거나 우리의 생에서 가장 본질적이고 중요한 것을 잊게 하지 않는다면, 어느 정도 들볶이거나 바쁘기도 하면서 우리에게 더 유익하게 다가올 수도 있는 것이다. '느림' 과 '빠름' 은 가치 비교의 문제가 아니라 선택의 문제라는 것이다.

책은 마치 천천히 도심을 거니는 게으름뱅이의 일기처럼 쉽고 편안하게 씌어져 있다. 누구나 한번쯤은 생각해 봤을 법한 '우리는 왜 이렇게 살고 있는 것일까' 란 보편적인 주제를 다룬다.

東文選 現代新書 166

결별을 위하여

가브리엘 마츠네프

최은희 · 권은희 옮김

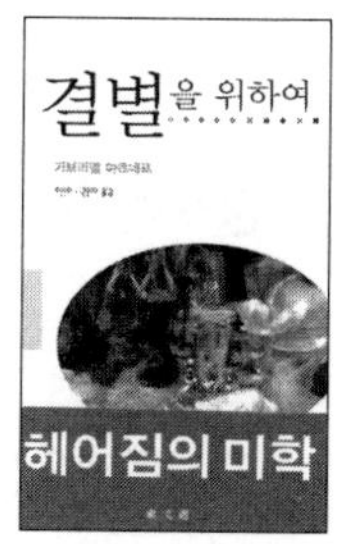

당신이 연인과의 관계를 끝내거나 그녀가 당신을 떠나거나, 부인에게 이혼을 요구하거나 부인이 먼저 헤어지자고 요구하거나, 친구와 사이가 틀어지거나, 몹시 소중히 여기는 물건을 도둑맞거나, 폭식가인 당신이 식이요법을 감행하거나, 세속적인 당신이 수도 생활을 시작하거나, 친척 중의 누군가가 죽거나 아니면 당신이 죽음을 준비하거나간에 당신은 결별이라는 시련을 피할 수 없을 것이다. 삶에서 결별이 아닌 것은 없다. 마음의 준비를 하라.

보통 결별이라고 하면 사랑의 결별을 의미한다. 그러나 탄생에서부터 죽음에 이르기까지 삶에서 결별이 아닌 것은 없다. 연인과의 관계를 깨뜨리는 것 외에 이혼하는 것, 친구와 사이가 틀어지는 것, 소중한 물건을 잃어버리는 것, 다이어트를 하는 것, 수도원에 들어가는 것, 가까운 사람의 죽음을 겪는 것 등도 일종의 결별이다. 가브리엘 마츠네프는 자신의 대자에게 보내는 편지글의 형식을 빌려 이러한 다양한 결별들에 대해 살펴보고, 그 고통을 치유하는 방법들을 제시한다.

사랑의 결별을 겪을 경우와 그 대처 방법에 대해 가장 많은 부분을 할애하여 설명하고 있으며, 철저히 남성적인 시각에서 바라보고 있다. 우선 남자가 잘못한 게 없는데도 여자가 떠난 경우, 펜을 들어 그 잔인한 배신자를 모욕하는 편지를 써보내라고 한다. 남자의 날카로워진 신경이 진정되고 배신자에게는 양심의 가책을 느끼게 함으로써 일석이조라고 할 수 있다. 그러나 떠나간 여자가 다시 돌아오리라고 기대해서는 안 된다. 그 어떤 합리적인 설득도 한번 마음이 떠난 여자에게는 통하지 않는다. 그리고 남자의 잘못으로 여자가 떠난 경우 "세상에 널린 게 여자야"라는 말로 냉소해서는 안 된다. 이제는 끝나 버린 아름다운 사랑과 그 자신을 모욕하는 것이 되어 버리기 때문이다. 그 대신 반성하는 의미에서 고통을 견뎌내고 정신적 성숙으로 이르도록 해야 한다.

東文選 文藝新書 243

행복해지기 위해 무엇을 배워야 하는가?

알랭 우지오 [외]

김교신 옮김

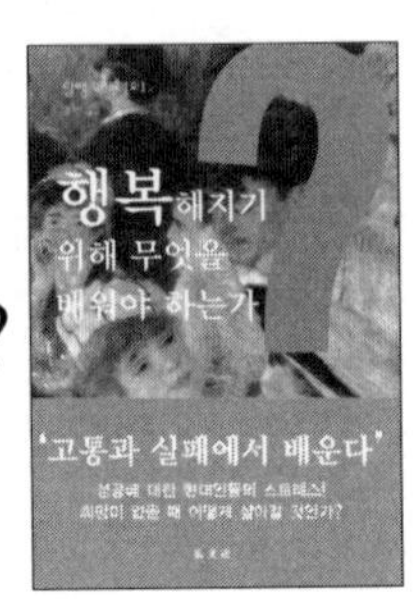

아니, 행복해지는 법을 배울 수 있기라도 한 것일까? 행복하지 않다면 그 인생은 실패한 인생이란 말인가? 그리고 실패한 인생은 불행한 인생이고, 이는 아니 삶만 못한 것일까? ……현대인들은 과거의 그 어떤 조상들이 누렸던 것보다도 더한 풍족함 속에서도 끊임없이 '행복에 대한 강박증'에 시달린다. 행복은 이제 의무이자 종교이다. "행복하라, 그렇지 않으면……."

프랑스 개혁교회 목사인 알랭 우지오의 기획 아래 오늘날 프랑스에서 가장 영향력 있는 22명의 각계 유명인사들이 모여 '행복해지는 법'에 대한 지혜를 짜모았다.

■ 실패로부터 이익을 끌어낼 수 있을까?
■ 고통은 의미가 있을까?
■ 행복해지는 법을 배울 수 있을까?
■ 신앙은 삶에 도움을 줄 수 있을까?
■ 자신의 감정을 두려워해야 할까?
■ 더 이상 희망이 없을 땐 어떻게 살아야 할까?
■ 타인을 받아들이는 법을 배울 수 있을까?
■ 자기 자신을 사랑하는 법을 배울 수 있을까?

마지막으로 알랭 우지오는 행복해지기 위한 세 가지 기술을 제시한다. 먼저 신뢰 속에 살아 있다는 느낌, 그 다음엔 태평함과 거침없음, 그리고 마지막으로 삶에 대한 단순한 사랑으로 '거저' 사는 기쁨. 하지만 이 세 가지 중에서 가장 중요한 것은 변명도 이유도 없는 것에 대한 사랑, 삶에 대한 사랑이다.

이젠 다시
유혹하지 않으련다

피에르 쌍소

서민원 옮김

　섬세하고 정교한 글쓰기로 표현된, 온화하지만 쓴맛이 있는 이 글의 저자는 대체 누구를 더 이상 유혹하지 않겠다고 선언하는가? 여성들, 신, 삶, 아니면 그 자신인가?

　여자를 유혹하는 남자들이 점점 사라져 가고 있다. 느림의 철학자 피에르 쌍소는 유혹자로서의 자신의 경험을 소설 같은 에세이로 만들어 그 궤적을 밟는다. 물론 또 다른 조류에 몸을 맡기기 전까지 말이다. 그것은 정겨움과 관대함으로 타인을 바라보는 신비의 조류이다. 이 책은 여성과 삶을 사랑하는 작가의 매우 유려한 필치로 쓰여진, 입가에 미소가 맴돌게 하면서도 무언가 생각하게 하는 책이다. 결국 우리로 하여금 보다 잘 성찰하고, 보다 잘 느끼며 더욱 사랑하라고 속삭인다.

　"40년 전에는 한 여성이 유혹에 진다는 것은 정숙함과 자신의 평판을 포기한다는 것을 의미했습니다. 오늘날의 여성은 그럴 필요를 느끼지 않으니 자신을 온전히 내주지도 않지요. 유혹이 너무 일반화되어 그 비극적인 면을 잃고 말았어요. 반대로 누군가의 마음을 사로잡는다는 것, 서로 같은 조건에서 그에게 주의를 기울인다는 것은 유혹이나 매력 같은 것보다 한 단계 위의 가치입니다."

　"이 세상의 아름다움과 미소를 함께 나누는 행복을 위해서라도 마음을 사로잡는 일은 누구에게나 하나의 의무라고 봐요. 타인은 시간과 더불어 그 밀도와 신비함을 더해 가고, 그와 나의 관계에서 풍기는 수수께끼는 거의 예술작품에 가까워지지요. 당신의 존재에 겹쳐지지만 투사하지는 않는 것, 그것이 바로 완전한 유혹이 아닐까요."

자기를 다스리는 지혜

한인숙 (東文選 편집주간)

■ 500여 명의 성공인들이 털어놓은 증명된 지혜

흔히 사람들은 돈·명예·성공을 바라 마지않으면서 그것을 얻는 데에 필요한 지혜를 먼 곳에서만 찾으려 한다. 남보다 더 먼저 더 멀리 나아가야 더 많은 것을 얻을 수 있다고 생각한다. 그러나 알고 보면 그 지혜란 것은 의외로 가까운 우리 곁에 있다.

여기에 실린 글들은 모두가 이 시대 각 분야에서 나름대로의 성공을 거둔 이들의 입말에서 그 엑기스만을 가려뽑아 묶은 것들이다. 따라서 옛 시대의 공허한 논리가 아니고, 또한 금방이라도 떼돈을 벌어 줄 것만 같은 비아그라 같은 처방약도 아니다. 보통 사람이 감히 흉내낼 수 없는 고도의 전문적인 지식을 필요로 하는 그런 것은 더더욱 아니다. 오히려 누구나가 당장이라도 실천할 수 있는 극히 단순한 것들이며, 이미 그 **성공이 입증된 이 시대의 살아 있는 지혜들**이다.

본서는 1981년부터 지금까지 23년에 걸쳐 메모해 온 것들 중 여러 신문과 잡지들에 실린 수천 명의 성공한 인물, 혹은 화제의 인물들과의 인터뷰 속에서 철학이 담긴 말들을 엮은이가 가려뽑아 묶은 것이다. 학자, 사상가, 과학자, 재벌회장, 시인, 소설가, 종교인, 경영인, 음악인, 배우, 가수, 자원봉사자, 식당주인…… 등등 각 분야에서 나름대로의 성공을 거둔 이들의 **체험에서 우러나온 삶의 밑천이 된 진실된 '말 한마디'**를 모았다.

널리 알려진 위대한 성현들과 대학자들의 수많은 명언이나 격언들은 제외하였다. 대신 실제 체험에서 우러나온 살아 있는 입말들 중 이 시대에 그 효용이 확인된 말들만 가려 모은 것이다. **같은 말이라도 누가 했느냐에 따라 그 신뢰성과 현실감의 무게가 달라지기 때문이다.**